POUSSIÈRE D'HOMME

David Lelait

POUSSIÈRE D'HOMME

Éditions Anne Carrière

Du même auteur :

Evita, le destin mythique d'Eva Perón, Payot, 1997 ;
« Petite Bibliothèque Payot », 2005.
Maria Callas, J'ai vécu d'art, j'ai vécu d'amour, Payot,
1997.
Gay Culture, Éditions Anne Carrière, 1998.
Les Impostures de la célébrité, Éditions Anne Carrière,
2001.
Romy au fil de la vie, Payot, 2002 ; « Petite Bibliothèque
Payot », 2003.
Sur un air de Piaf, Payot, 2003 ; « J'ai lu », 2005.
Dalida, d'une rive à l'autre, Payot, 2004 ; « J'ai lu », 2006.

ISBN 10 : 2-84337-362-X

ISBN 13 : 978-2-84337-362-6

www.anne-carriere.fr

À toi, mon amour,
dont les trois lettres du prénom
esquissent à jamais
un sourire sur mon cœur...

« *Si j'avais mille âmes, je te les donnerais toutes ; je n'en ai qu'une, prends-la mille fois.* »

Proverbe espagnol

Ce dimanche 3 avril, au soir, tes jours d'homme m'ont filé entre les doigts. Au presque commencement de ma vie, je t'ai perdu, toi avec qui je voulais la finir. Nous avions oublié d'être mortels, le temps nous a rattrapés... La voix blanche et la colère noire, j'ai eu beau t'appeler, tu étais déjà parti, loin. Ta vie, minuscule tourbillon de quelques lunes et soleils, cessait là de tournoyer, sur le rivage carrelé blanc et glacé d'un hôpital. Un an sans toi, il y a trop longtemps, il y a si peu. Mais l'absence se rit du temps, elle déchire les calendriers, dérègle les horloges, rend folles leurs aiguilles. L'absence est un compagnon fidèle qui ourle désormais mes chemins d'exilé.

Je fais le rêve que l'on nous redonne quelques instants, une poignée d'heures d'une toute petite nuit, ravies entre le tomber d'un jour et le lever d'un autre. Ce ne sera qu'un infime moment, juste de quoi refermer les portes de notre vie ensemble, nous serrer une dernière fois l'un contre l'autre avant que nos corps volent en éclats. Une minuscule escale pour rattraper ce temps échappé, arraché, et te dire l'après-toi, le sans-toi, la béance à chaque seconde de mes jours, la douloureuse colère depuis ta vie suspendue, l'amour de toi qui me cogne au-dedans sans jamais plus te parvenir.

Tu t'enfonces dans le sofa sans forme du salon, je t'y rejoins et me replie au creux de toi. Ton souffle caresse ma nuque, tes mains me parcourent et m'enserrent. Nous buvons à la coupe de nos lèvres jointes. Ensemble encore quelques heures, pour une volée de mots, jusqu'à nos adieux, quand mes lèvres en seront à lâcher les tiennes pour frôler le vide, embrasser l'absence...

8 avril 2005

Je fais l'improbable voyage qui mène là où tu es né. À ce coin de Bretagne où tu as grandi. Tu le faisais toujours seul, quelques fins de semaine par an, afin de retrouver ta mère. Deux ou trois longues nuits, quelques repas plus que copieux, des promenades le long de la plage, et tu me revenais avec, au fond de ton sac, des crêpes ou des fars bretons. Ta mère, que tu aimais tant, ne devait jamais me connaître, son toit ne jamais m'abriter. Tu avais choisi de cloisonner les amours de ta vie. Elle vivait d'un côté du mur, je t'aimais de l'autre.

Voilà qu'aujourd'hui j'abats la cloison et fais le voyage... Avec toi. Toi, tapi dans l'urne d'albâtre blanc blottie contre mes mollets. Toi de poussière, mon homme de fer enfermé dans son pot de terre, mon géant avec ton mètre quatre-vingt-quatorze et tes cent kilos de muscles, ton corps jadis aussi lisse et dur que la pierre réduit en brisures ce matin même. Je ne lâche pas du regard, ni du cœur, mon sac à dos vert qui te contient émietté dans l'urne qu'emmitoufle sa housse de velours gris. Ce sac à dos que tu avais utilisé ces derniers mois lors de tes allers et retours en Bretagne, où un guérisseur t'aidait à supporter l'angoisse des chimiothérapies. Comment aurais-je pu imaginer qu'il te contiendrait un jour? Dans un sac, tout ce que je porte en ce monde de plus cher, tout mon amour en cendres. La violence de l'incendie me frappe encore les tempes.

Je ne suis pas seul contre les poussières de toi dans cet absurde voyage. Mon fidèle ami, Étienne, est là, tout près, plongé dans la lecture légère de *Marie-Claire*. Tu ne l'avais croisé qu'une fois et l'avais apprécié. Sans doute sentais-tu qu'il prenait de moi le plus grand soin. Je sens cette fois encore ses regards tendres me protéger. Sa présence me raccroche au réel quand tout en moi flotte et vacille. Dans un wagon voisin, Mayenka, ta copine maternante et dévouée, fait elle aussi le voyage. Dans un autre encore, ton amie de toujours, Mariline, et Jacques, son père. Comme dans le film, ceux qui t'aiment ont pris le train. Comme dans la chanson, ils sont venus, ils sont tous là. Ce que nous vivons aujourd'hui est donc si commun qu'il existe déjà en images et en refrains. Pourtant, pour nous, chaque seconde est inédite, intolérable. En moi, chaque respiration est une épreuve, chaque mouvement tout autour une blessure profonde.

Le train creuse la campagne de ce printemps nouveau. Qu'elle puisse autant croître, verdoyer et s'animer me porte au cœur. En moi, c'est l'hiver qui frissonne ; les arbres devraient faire profil bas et se dénuder, le soleil mettre son voile et, surtout, les hommes se taire.

Dans mon sang se mêlent Xanax, Deroxat et Lexomil. Cette chimie édifie un rempart entre le réel et moi. Une camisole de molécules pour contenir la douleur, mieux étouffer mes cris. D'une seconde à l'autre me gagne la fureur et me frôle un semblant de sérénité. Je suis enveloppé, protégé par toi, par la pensée de toi, quand soudain un frisson me déchire l'échine. Ma blessure alors offerte à l'air piquant, à l'acidité du réel. Dans la vitre du train, le reflet de ta montre trop grande qui gigote à mon poignet : ce sont tes heures qui désormais dansent sur ma peau... De part en part, se répand, large et épais, le ciel assombri, noir colère ; et soudain, l'arc-en-ciel et ses lames de teintes vives strient le sombre. Il y a si longtemps que je n'en ai pas vu que je veux y voir ta lumière, le bleu de tes yeux, le rose de tes joues, l'argent de tes cheveux. Chaque parcelle du monde porte tes couleurs et me parle de toi. Je veux respirer plus fort pour te sentir, voir plus loin pour te reconnaître parmi la foule, tendre l'oreille pour deviner ta voix parmi les bruits de la ville.

Que cette journée me semble sans fin depuis que, ce matin, au Père-Lachaise, à Paris, les flammes se sont unies pour t'emporter, t'émietter! Depuis qu'hier j'ai poussé, de mes propres mains, le couvercle de bois verni sur ton visage de chair figée.

Tandis qu'imperturbable le train n'en finit pas de dévorer l'horizon, de s'engouffrer entre les nuages joufflus, je ferme les yeux pour me retrouver seul avec toi. J'oublie les vivants, la rumeur sourde de leurs conversations, les baisers timides des amoureux joliment enlacés, les rires des copines heureuses de partir en week-end. Je serre un peu plus fort l'urne entre mes mollets. J'attends peut-être que des vapeurs de toi m'enivrent une dernière fois. Je me recroqueville, cherchant en rêve l'étreinte au creux de tes courbes, le velours de tes lèvres et la musique de ta voix; j'imagine que ta peau frémit sous la mienne. Je ne suis pas fou, je sais bien qu'en ce monde plus rien de tout cela n'existe mais en moi tout est intact, gravé. Mes sens ont de la mémoire et mon cœur plus encore.

Au terme de ce long ruban de verte campagne, en haut des marches qui mènent des sous-sols au hall de la gare, ta sœur nous attend. En cette femme statufiée au sommet de l'escalier, je cherche un brin de toi. En vain...

J'avance péniblement, comme empêtré dans un sable lourd et profond, mouvant.

Mariline, Jacques, Mayenka, Étienne et moi nous retrouvons à former une ronde autour de cette dame dont je connais la voix depuis moins de dix jours et le visage depuis quelques secondes. Je me souviens qu'au tout début de la maladie, tu avais griffonné son numéro de téléphone sur un Post-it. Au cas où... Ce cas est venu. Juste après qu'on t'a plongé dans le coma. Quotidiennement, pendant une semaine, je l'ai appelée, lui ai dit qui j'étais quand elle me savait le bon copain veillant sur son petit frère. Je l'ai rassurée, réchauffée. Nous unissait une communion de douleur. J'aurais pourtant dû me méfier la fois où je lui ai relaté au téléphone les derniers comptes rendus du médecin et qu'elle a interrompu mon récit sous prétexte qu'elle avait de petits moyens financiers et ne pouvait supporter le coût de notre conversation.

Mais suis-je seulement en état de vouloir comprendre? J'ai besoin de ce lien avec ta famille, de m'inventer une parenté d'amour pour faire front contre la douleur. Elle est en rêve un jalon qui me mène encore à toi.

Nous voilà serrés les uns contre les autres dans la voiture. Muets, étrangers à cette sœur dont le visage ressemble si peu au tien. Ses pas n'ont pas la souplesse des tiens et ses gestes sont parcimonieux, courts, petits. Elle semble vivre à l'économie, comme en veille, claquemurée au-dedans d'elle. Elle est le sombre quand tu étais la lumière. Comment pourrais-je encore te chercher en elle ? Bientôt, j'y renoncerai définitivement.

Sa voiture verte, très verte, trop verte, dont elle nous fait remarquer, attristée, qu'elle ne l'a pas choisie, nous dépose à l'hôtel Mercure, impersonnel, le même ici qu'ailleurs. Je me souviens de cette ville, quelques années plus tôt, quand je déambulais hagard, ruiné par un insoutenable chagrin d'amour, dans ses rues aussi bombardées que moi...

Je répartis les chambres, en prévois une pour Pénélope et Antoine, faisant d'eux pour l'occasion un couple, une autre pour Sophie et Martine, qui nous rejoindront plus tard dans la soirée. Je partagerai la mienne avec Étienne.

Parce que j'ai le souci de montrer l'urne à ta sœur, sans doute pour voir approuvé mon choix, nous rejoignons ma chambre. Je pose sur le guéridon le sac à dos qui m'enlace depuis le matin, ta sœur dos à la fenêtre, moi face à elle, toi au milieu. Que ne ferais-je pas pour que, tel le génie d'Aladin, tu me surprennes, sortes de ta boîte et me viennes ici en aide ?

« Je vous en prie, surtout, il faut être masculin devant maman, devant la famille », me dit-elle. Elle me pique au vif, là même où m'éraflaient les gosses dans la cour de récréation de l'enfance, quand ils se moquaient de ma bouille ronde et angélique, de mon regard émerveillé et fragile, de mes gestes amples, de ma voix qui montait trop haut quand je rêvais qu'elle se casse comme celle des ados qui me toisaient. Depuis, je me suis fait homme. Je le suis devenu quand, enfant, je l'étais trop peu. J'ai durci, élargi, musclé ce corps gracile. J'ai fait pousser ma barbe, fait miennes les choses des hommes qui m'étaient pourtant si étrangères. Et cette inconnue me prie d'être masculin !

Tranchant, la voix claire, j'escamote mon trouble, lui dis que je suis comme je suis, tel que tu m'aimes, ajoutant que tu n'as jamais eu aucun appétit pour les efféminés. Je sais désormais qu'à mes yeux, cette belle-sœur ne sera jamais belle.

Elle nous emmène enfin chez ta mère. Je la découvre sans avoir vu aucune photo d'elle auparavant. Petite femme de Bretagne, si frêle et jolie, la peau blanche de ces poupées de porcelaine que le soleil n'a jamais frôlées, ses cheveux de neige noués en un chignon bas, des yeux du bleu le plus vif. Elle porte un prénom d'héroïne de conte de fées et, sur ses épaules, l'immense violence de la perte du fils, de son fils tant adoré, son double de sang et d'amour. Je vois toute ta beauté courir sur sa peau à peine parcheminée. Nos mondes ne sont pas les mêmes, nous ne nous connaîtrons peut-être jamais vraiment mais je sais que je l'aimerai toujours, que je serai là quelque part, jamais très loin ni trop près. Juste comme le prolongement invisible de toi.

Lulu, notre chienne, danse lentement autour de nous. Après des mois de séparation, elle s'offre à mes caresses, mes mains partent en balade dans son poil chocolat. C'est toute la douceur du bonheur d'avant qui me chatouille la paume. Partout sur moi je sens transpirer les larmes. J'étreins ta mère, l'enveloppe de ma tendresse tandis qu'elle me remercie d'avant tant veillé sur son fils. Que lui dire, sinon combien tu l'aimais? C'est un peu de ta voix qui chahute alors mon souffle. Oui, je te prolonge. Elle me le dit d'ailleurs et, dans un coin de ta si petite chambre, me montre ton lit une place, d'où tu m'as si souvent téléphoné, le soir à l'heure du coucher. Et d'ajouter : « Il est le vôtre. »

La mère à qui l'on arrache son fils, même très longtemps après sa naissance, c'est l'insoutenable spectacle du corps à jamais creux, de l'âme souillée par un non-sens, de la vie béante et du lendemain avorté. Ce désespoir sur elle est une lame de plus courant le long de mes jours lacérés.

Nous refermons sur son chagrin la porte de son appartement si calme et modeste.

Ta sœur ne dînera pas avec nous, elle reste auprès d'elle. Nous nous décidons presque au hasard pour *La taverne de Maître Kanter*, nous nous installons à une large table, tout en haut sur la mezzanine. Mayenka, Mariline, Jacques, Gilles, Étienne avant que nous rejoignent Antoine, Pénélope, Martine et Sophie. Tous sont là, magnifiques de leur joie de vivre, de cet amour qui nous lie si fort depuis longtemps. Autour d'une choucroute débordant de lardons, de saucisses et de boudin noir, nous laissons la vie triompher. Tu es là, vivant dans chacun de nos éclats de rires, dans chacun des souvenirs évoqués. C'est une ivresse, une hystérie de vie, une hilarité générale, à la mesure de cette mort vorace qui nous cogne au-dedans. Nous rions vraiment à perdre haleine. La mort distille en moi son venin, pourtant jamais je ne me suis senti plus vivant. Rire de mourir comme on meurt de rire.

Nous sommes ici follement unis, plus humains et amoureux les uns des autres qu'en nul autre instant. Il me semble qu'en nous, comme un anticorps, la vie se défend, bondissante et féroce, obstinée et triomphante. Je cherche ton rire, large entre tes lèvres, sonore, et ton pied qui sous la table frôlerait ma cheville, mais c'est à l'intérieur de moi que je te trouve. Tout contre mon cœur bat ton amour. À cet instant, je ne me noie plus dans mes larmes, je m'y abreuve. Je comprends que rien ne te détrônera jamais du plus intime et précieux de moi.

La belle Pénélope envoûte Jacques, qui confesse qu'avec cinquante ans de moins il l'aurait bien séduite. Elle le conduit à l'avant de sa bétaillère encombrée des désordres des enfants, restes de gâteaux, coloriages souillés, squelettes de pique-nique. Jacques est là comme un coq en pâte. Mariline, Mayenka rient de bon cœur de la chronique de nos années de colocation. Il est doux de voir se mêler avec autant de bonheur tes amis aux miens, que, pour la plupart, tu n'as eu le temps de connaître qu'à travers mes récits.

Je regarde leurs yeux si beaux, si bienveillants. Les yeux velours d'Antoine, les nuances de bleu de ceux d'Étienne et de Martine, le gris-vert de Sophie, le doré de Pénélope. Mes amis sauront-ils combien je les aime et comment sans eux j'aurais refusé de survivre ?

Le retour à l'hôtel nous donne la possibilité de nouvelles réjouissances. Comme une colonie de sales gosses hilares sillonnant les couloirs feutrés, les uns explorent les dortoirs des autres. Peu de surprise pourtant, chambres identiques pour tous : pauvre moquette bouclée, couvre-lit assorti aux tentures, tablettes de nuit vissées dans le mur supportant un carnet et un crayon à papier à l'effigie du lieu et guéridon cerné de ses fauteuils.

Chacun rejoint sa chambre et la joie désenfle. Heureusement, Étienne est là tout près, dans l'autre lit jumeau. Son baiser tendre me conduit vers le sommeil, l'urne est là contre moi, sur la table de nuit. Ma main s'attarde sur le velours de la housse. Je te rêve encore, entier entre les draps, serré si fort contre ma peau réchauffée que je confondrais ton corps avec le mien.

Il est prévu que, le lendemain, nous nous retrouvions en milieu de matinée dans le hall de l'hôtel. J'ai sans doute pris trop de tranquillisants : je suis incrusté dans le lit, les membres de plomb, le cœur retourné. Je prie Étienne de rejoindre les autres tandis que je garde la chambre. Sophie, toujours attentionnée, accroche à la poignée de ma porte un petit paquet contenant grigris et amulettes. Il m'est dérobé et c'est par miracle, des semaines plus tard, que nous le recevrons par la poste.

L'heure de la cérémonie approche, je vais devoir m'extraire du lit, me refaire un visage, estimer la capacité de mes jambes à me porter. Une fois encore, je dois beaucoup à la délicatesse d'Étienne. Je me cache sous ce manteau marron que tu aimais, derrière mes lunettes de myope aux verres teintés. Sous ce ciel d'avril plein de gris et de brume, nous nous dirigeons vers l'église après avoir bu un cognac sur le chemin. Nous voilà reclus au fond, dans une petite chapelle dérobée aux regards, comme si nous devions cacher nos larmes. Je dépose mon tribut, l'urne, sur la première marche, aux pieds du prêtre. Quelques fleurs l'entourent, dont le coussin de roses pourpres sur lequel j'ai fait inscrire *Agapi mou,* en grec, parce qu'un *mon amour* aurait bien trop attiré l'attention.

Les mots du curé ne parviennent pas à s'élever. Une ribambelle de sons creux. Je n'entends pas assez les trois lettres de ton prénom, il ne parle pas de ta vie, de ta joie, de ta bonté. Il articule le nom de Jésus, évoque le bon Dieu et ce foutu ciel qui t'ouvre prétendument ses portes, je ne l'écoute déjà plus... Je ne pleure pas non plus. Heureusement, les mots de ta jolie filleule, ses larmes, donnent de la chair et de l'humanité aux singeries de l'homme de Dieu. J'avais prévu de chanter puis renoncé, mais le manque de sève de l'instant me porte à finalement m'exécuter. Je m'avance, pose ma partition sur le pupitre, je me suis si souvent emmêlé dans les paroles de l'*Ave Maria*. Mon regard s'accroche aux deux premières lignes, je ferme les yeux et les mots se déroulent dans ma bouche jusqu'à la lisière de mes lèvres, sans moi, au-dessus de moi. Ma voix est claire, aérienne, perçante. C'est un cri qui me déchire. Mes notes chaudes se frottent à la pierre froide de la voûte sans même que je leur en aie consciemment indiqué le chemin. Ce souffle, j'en suis sûr, c'est l'amour.

Je rouvre les yeux sur ta mère, mes dernières notes l'enlacent. Je fais maintenant silence, vidé, exsangue. Je m'approche d'elle, l'étreins, l'embrasse.

Ultime escale, le goûter chez une de tes tantes, au dernier étage d'une maison suspendue dans le ciel breton au-dessus de la rade. Thé, chocolat, café, jus d'orange, des brioches, des gâteaux pur beurre et toute la famille, ma belle-famille sans qu'elle le sache vraiment, même si, c'est certain, elle s'en doute.

J'aime passer un moment avec Isabelle, la cousine de ton enfance, nous nous reverrons. On m'approche timidement, on ne sait pas vraiment qui je suis, on le suppose, on le devine. Sans mot dire, je suis le veuf, cet inconsolable qu'on ne nommera pas.

Sur une commode, dans une chambre du fond de l'appartement, je dépose l'urne. Il me semble que je t'abandonne là. Dans deux jours, sans moi, ici, elle sera portée en terre. Me rassure la pensée qu'une autre, plus petite, est restée chez moi.

Sur le caveau au creux duquel sera déposé l'essentiel de tes cendres, il n'y aura jamais de plaque mentionnant notre attachement, consignant notre amour. Je ne suis ni frère ni mari, je ne suis rien qui se nomme ou s'inscrive dans la pierre. Je ne suis que l'autre bout d'un lien de cœur aujourd'hui invisible à la face du monde. Toi dessous et dedans, moi dessus et dehors. Pourtant, je suis aussi un peu avec toi, au-dessous du marbre, dans les soixante roses que j'ai posées sur ta poitrine, dans les mots et photos que j'ai enfermés dans tes poches, dans chaque centimètre de ton corps que j'ai tant étreint.

Je t'ai conduit là où tu es né. Il est temps maintenant que je parte. Avec la famille, nous nous claquons doucement la bise, étrangement il semble soudain que nous soyons liés. Nous ne nous reverrons peut-être jamais.

Pénélope m'emmène dans sa grosse voiture tout encombrée, Sophie et Martine à l'arrière. Je me sens là tout contre ma famille, aimé, protégé. Les autres amis rentrent à Paris par le train tandis que je passerai ce samedi soir et le dimanche auprès de Pénélope, Gabriel, les enfants, Sophie et Martine.

J'aurais voulu que la procession des adieux ne finisse jamais. Te voir éteint valait mieux que ne plus te voir du tout. Pourtant, je suis soulagé de t'avoir accompagné au bout du chemin.

La voiture grignote la Bretagne en direction des Deux-Sèvres. Je me pelotonne au-dedans de moi pour me réchauffer au souvenir de nous. Me revient le jour où je t'ai rencontré. Ce jour-là, c'était la nuit...

J'étais alors dans ce temps mort d'après l'amour, perdu dans un entre-deux silencieux sans saveur ni espoir. Quand une histoire vient de se terminer sur un claquement de porte et le vol plané de vos affaires dans les escaliers, et avant que vous n'ayez le souffle d'en respirer une nouvelle. Des heures durant, je ressassais les deux années passées avec celui que je surnommerais désormais mon *serial lover*. Je m'étourdissais encore en rêve de ses promesses bulles de savon, brillantes mais légères, volatiles et parfaitement creuses. M'obsédaient les haut-le-cœur et les coups bas que nous nous étions donnés, ses déclarations d'amour et de guerre. De s'étreindre à s'étrangler, il n'y avait qu'un pas au bord d'être franchi, franchi parfois. Je m'apitoyais à l'ombre de mes regrets et me demandais à perte de journée pourquoi j'avais mis tant de vigueur et de soin à rempoter un amour déjà mort, tellement plus perdu qu'éperdu.

Peu à peu, tout naturellement, la haine l'avait emporté sur le remords, et j'échafaudais des vengeances directement inspirées des batteries de téléfilms américains que je m'enfilais, vautré sur mon divan et accro à un paquet de douceurs chocolatées. Le chocolat, c'est bon pour le moral, dit-on !

Parce qu'il faut bien que le corps exulte, j'ouvrais assez facilement ma porte à des camarades de jeu et de passage. Je la refermais un peu plus tard juste après que le corps en question a eu cessé ses bavardages. Entre amis, ou même seul avec moi-même, je discourais des affres de l'amour, de cet enfer pavé de perverses intentions dans lequel m'avait précipité mon ex. De mon chagrin d'amoureux transi en déroute, j'avais fait un sketch tragi-comique parfaitement huilé. Je racontais comment il me faisait croire qu'un détective privé me suivait, la façon dont il me manipulait des heures durant pour me piéger, ou encore comment il avait fait le vide autour de moi afin de mieux me posséder. Plus je peignais ce tableau pathétique devant un auditoire hilare, plus je me libérais. Je me désenvoûtais peu à peu de celui que j'avais tant aimé. J'allais être libre de lui, mais pas pour autant libre d'aimer à nouveau.

Avec une fille, puis avec les quelques garçons qui avaient précédé mon *serial lover*, je n'avais pourtant connu que de belles amours, de celles qui nourrissent et rendent plus fort. J'avais taillé en leur compagnie des routes nouvelles sur lesquelles, seul, je ne me serais jamais aventuré. Le désir de l'autre m'avait donné toutes les audaces, toutes les curiosités. Je m'étais plongé avec passion dans des univers qui n'étaient pas les miens. J'avais bu les plaisirs jusqu'à la lie, sans craindre la gueule de bois du petit matin, j'étais gourmand, goulu même. Je n'avais jamais eu peur de me dévoiler ni de m'offrir entièrement. Je ne pensais jamais que l'être aimé pourrait un jour me blesser. J'avançais, éperdument amoureux.

Mon *serial lover* avait pourtant changé la donne. Son passage sur mon corps et sur mon cœur m'avait asséché. Je me sentais rabougri de l'intérieur, plus méfiant qu'une vieille dame qui cache son sac à main dans une poche plastique ou tourne son diamant dans la paume de sa main lorsqu'elle prend le métro. Je craignais que l'on me vole, que l'on m'arnaque, que l'on me trompe, que nul amour, jamais, ne puisse en moi à nouveau germer. Je faisais maintenant souffrir les amoureux potentiels que je croisais. Le discours de l'amour prenait plus de place que l'amour lui-même : j'avançais en reculant et justifiais mes pas de côté par la souffrance d'hier. Bref, je ramais à contre-courant, épuisant au passage tous ceux à qui il avait pris la curieuse idée de vouloir me plaire. Sûr des regards qui se posaient sur moi et des désirs attenants, je voletais, butinais et piquais, là où ça fait mal, bien sûr. Je mettais mon cœur en jachère tandis que mon corps s'enorgueillissait d'une surexploitation manifeste. Je ne croyais plus en l'amour mais, en secret, je ne rêvais que de cela.

Un soir de mai – *fais ce qu'il te plaît*, je n'allais pas me gêner –, j'ai faussé compagnie à ma télé et à l'un de ces programmes débilitants que j'ai la faiblesse d'affectionner, et je suis sorti prendre un verre. Sans conviction ni particulière ambition de bonheur. Juste histoire de faire quelques pas sur l'avenue Parmentier, de respirer la ville qui s'endort sous son drap de ciel sombre et d'admirer le plumage de quelque oiseau égaré.

Lorsqu'on s'enfonce dans la nuit, à la saison des premières chaleurs, la sensualité est de mise. Sur un coin de macadam, on se déguste du coin de l'œil, on s'attarde sur l'arrondi d'une épaule qu'un verre de trop a convaincu de dénuder ou sur le muscle tendu d'un avant-bras dévoilé. Sur tous ces trésors dont nous privent la chemise aux heures de bureau et le manteau en plein hiver. Plutôt que de me déhancher sur les *dance floors* d'une quelconque boîte d'ennui, j'ai poussé la porte d'un bar où je me rendais régulièrement et bu du bout des lèvres un Coca light comme s'il devait me durer des heures...

Des regards lourds se promènent sur moi, tournicotent, jaugent ma musculature, m'enserrent déjà en rêve. Le temps de la jungle est revenu, les garçons qui aiment les garçons sont des prédateurs enfiévrés. Ils ne font pas la roue ni ne battent des cils, leurs œillades franches sont déjà des invitations au cortège des sens, leurs frôlements des étreintes d'acier. Le jeu de la parade est vieux comme le monde et terriblement envoûtant. On s'y prête comme au temps de la cour d'école, quand on gonflait ses biceps encore inexistants. Rien qu'un moment redevenir un animal et faire la roue.

Je traverse un long couloir assez sombre. Des loupiotes et des éclairages d'issue de secours guident mes pas parmi la foule des aguicheurs. Soudain, au milieu de ce gouffre, je me retrouve dans une obscurité plus profonde encore. Il me faut quelques secondes pour réaliser que le garçon dont j'emboîte le pas est si grand et si large qu'il masque les maigres sources de lumière. Sa silhouette massive plantée devant moi est comme un mur. Ce garçon-là, c'est toi avec ta drôle de démarche, un peu chaloupée, comme si tu flottais à quelques centimètres du sol, et pourtant parfaitement virile, très assurée. De dos, je te devine calme, solide, zen. Mon estimation est bien en dessous de la réalité...

Jusqu'alors je m'égarais et voilà que je te trouve sans le savoir encore. Je viens de croiser celui qui va changer ma vie et jusqu'à mon nom, bien plus tard. Toi dont je ferai mon rempart, mon amour, mon avenir. Comme ça, par hasard, une nuit de mai.

Nous allons l'un vers l'autre. Il n'y a pas à savoir comment ou pourquoi, c'est inévitable. Tu te plaques contre le mur, colossal, taillé dans le roc tel un héros de la Rome antique, beau comme ces statuaires que l'on place à l'entrée des palais pour vous forcer à l'humilité. Moi dont on dit que je suis musclé et large, il me semble être minuscule, protégé, à l'abri de toi. Je me sens à l'ombre d'un phare, d'une tour de Babel. Je n'imaginais pas que l'on puisse rencontrer si grandes force et beauté chez un homme. Avant toi, je les aurais cherchées dans un paysage à couper le souffle, auprès d'un gigantesque palais érigé à mains nues, d'une mer fracassée dont les vagues voudraient s'accrocher à un ciel d'améthyste, mais jamais chez un homme. Tu m'enlaces, me serres. Très naturellement. Et je n'aurai plus jamais peur.

Nous parlons au bar, autour d'un verre. Je vois plus précisément, au-dessus de moi, ton visage, ta chevelure grise mais lumineuse, entre la perle et la cendre, tes yeux d'un bleu de mer profonde, tes lèvres joliment dessinées d'un rose tendre. Tu portes un 501 noir et un débardeur assorti qui dévoile tes bras épais et tes larges pectoraux. Je te crois américain ; d'ailleurs, tu me parles très vite de ta passion pour la Floride. Tu griffonnes à l'encre bleue sur une carte ton prénom en trois lettres et les huit chiffres de ton numéro de téléphone. Je range dans la poche de mon jean le sésame qui me conduira à nouveau vers toi. C'est une infime promesse mais tout de même...

Nous nous revoyons. Gentiment, doucement, physiquement. Très souvent, nous nous croisons dans la rue à toute heure du jour, ton bureau étant voisin de mon appartement. À prendre ce qui nous est offert sans jamais rien demander de plus. J'ai compris que tu n'es pas de ceux que l'on attache à des serments, à des mots d'amour et aux soupirs énamourés. J'aime que tu sois libre, que tu ne te perdes pas dans les phrases toutes faites. Tu ne me promets rien, ne me reprends donc rien. Nous marchons ainsi plusieurs semaines, à nous apprivoiser plus que prudemment. Trois mois à nous jauger, timides, avant que tu ne partes en Floride tout le mois d'août, comme à ton habitude chaque été. Un au revoir tendre mais sans effusion. Je n'ose pas attendre de lendemains. Je les espère juste un peu, quand même, en secret...

Les quatre semaines de ton absence s'écoulent sans aucune nouvelle de toi. Pas de lettre déchirante où tu exprimerais le manque de moi, ni la plus anodine carte postale où tu consignerais le soleil ardent, les vagues fougueuses et le grand repos, pas un seul coup de fil, rien. Mon orgueil piqué au vif, je te relègue maintenant parmi les affaires classées.

À ton retour, pourtant, tu prends ton téléphone et demandes à me revoir. Tu étais tout simplement parti en Floride sans mon adresse, mon numéro de téléphone ; d'ailleurs, tu ne te défends pas vraiment, pas ton genre... Je balaie sèchement ce qui me semble n'être qu'un appel du corps et t'envoie paître. Pour moi, l'histoire s'arrête là, sans avoir vraiment commencé. Depuis ma rupture avec mon *serial lover*, je suis habitué aux amorces d'amourettes étouffées dans l'œuf.

Peu après, je t'aperçois dans le bistrot situé au pied de ton bureau, où tu prends chaque matin ton café. J'entre et, pour te signifier ton manque d'égards pendant ces vacances, je t'envoie en pleine face un joli nom d'oiseau, assez fort, semble-t-il, pour qu'il soit clairement entendu de tous. Ce que tu digères fort mal. Je viens de heurter ta discrétion et de piquer ton orgueil.

Après nous être croisés dans le quartier presque quotidiennement pendant trois mois, plus rien. Le destin nous lâche en cours de route, sans doute nous juge-t-il incompatibles. Mais le facétieux génie s'y prendra néanmoins à deux fois...

En effet après neuf mois sans nous voir, sauf à un feu rouge où, de ta voiture, tu m'as balancé un tee-shirt rapporté de Floride et une autre fois à la sortie du Franprix, nous nous recroisons... Nous nous étions rencontrés au printemps, quittés en été, pas revus de l'automne ni de l'hiver, et en ce nouveau printemps nous avons rendez-vous. Nouvel appel du corps.

Tu passes en voiture dans une rue voisine de la mienne, je marche sur le trottoir. Quelques minutes plus tard, je reçois un sms m'invitant à déjeuner. J'accepte. On ne devait jamais se revoir, on ne se quittera plus. L'année précédente, nous ne nous étions que frôlés, voilà que nous nous rencontrons vraiment. Nous enchaînons les dîners, les séances de cinéma, partageons nos nuits, nos week-ends. Cet amour que j'avais pensé mort-né est bien vivant, il devient plus doux, confortable, d'une évidence ahurissante. Il se nourrit, s'épaissit, grandit, donne chaque jour de nouveaux fruits, plus lourds et goûteux. Nous sommes gourmands l'un de l'autre, et l'appétit grandit au fil des jours.

C'est un amour simple, facile, sur lequel on ne pose pas de mots. Mieux vaut le faire qu'en parler. Il roule léger. Il n'est pas de ceux auxquels on s'oblige pour ne pas vivre seul ou pour tromper l'ennui. Pas de ces amours que l'on couche sur un faire-part, que l'on grave dans les registres de l'état civil, pas de ceux qui donnent des enfants ou tiennent des promesses pour l'avenir du monde, pas non plus de ceux dont la passion vous brûle et vous dévore. Juste un amour qui souffle sur le cœur, juste le plaisir sans les devoirs, la caresse sans la gifle, le baiser sans la morsure.

Je ne tombe pas amoureux, je m'élève amoureux. Je t'aime comme on s'élève et grandit, comme on se hausse sur la pointe des pieds pour apercevoir la mer de l'autre côté de la barricade. Je t'aime en liberté.

Je me réjouis que tu cultives avec génie les plaisirs simples et les joies minuscules. Un rayon de soleil, une agréable promenade, un joli sac sorti de l'atelier de maroquinerie que tu diriges, un bon repas et te voilà tout sourire, l'œil éclairé. Je réussis un plat, tu es aux anges, je le rate et tu l'es aussi. Tant de bon sens et de paix me bouleversent. J'ai même l'impression d'avoir rencontré un extra-terrestre lorsque tu m'avoues, d'un ton presque badin, ne connaître ni l'angoisse ni la déprime. Tes seuls défauts, peut-être : la fierté et l'orgueil, toutefois tu n'en uses jamais avec moi. Et puis je t'aime ainsi, droit comme un I, fier comme le cyprès et... tête de mule à tes heures.

Je suis maniaque, méticuleux, rangé, organisé, tu es tout le contraire et j'aime tes désordres, cette façon désinvolte avec laquelle tu peux enfouir un papier bouchonné dans un tiroir déjà encombré, jeter pêle-mêle un vêtement dans ta penderie, ou tes billets de banque chiffonnés au fond des poches de ton jean. Jamais de sac, de carnet, ni d'agenda. Tes placards pleins de vaisselle ébréchée me fascinent, autant que tes livres cornés, tes CD en vrac ou le fait que tu ne relèves le courrier de ta boîte aux lettres qu'une fois de temps en temps. Tu as la légèreté de ces vivants magnifiques qu'aucune possession, qu'aucune dépendance n'emprisonne. Je te regarde comme on goûte l'exotique. Tu es l'homme le plus libre qui soit. Ta liberté n'est pas folle, déraisonnée ou égoïste, mais au contraire saine, attentive, respectueuse et prudente. Tu vis affranchi, ne t'encombres de rien. Jamais de trop-plein, rien que du juste plein, sans la goutte d'eau tentée de faire déborder le vase. Tu marches vers moi à petits pas, mais laisses une empreinte profonde dans la terre que tu foules, tu parles à demi-mot mais tes pensées sont pleines et entières. Le parfum d'une rose de toi m'enivre bien davantage que celui de cent mille roses d'un autre.

Ta paix rejaillit sur moi. Je me sens moins oppressé et j'apprends à goûter l'instant. Je mords enfin le bleu du ciel plus que je ne broie du noir. Rien ne peut m'arriver tant que tu es là. Tout contre toi, je suis protégé, je m'amuse à te donner la main lorsque nous descendons dans le parking souterrain où nous garons la voiture. Ce geste enfantin te fait rire, moi il me rassure. Tu balances nos mains jointes, tu aimes cela, je crois, même si jamais tu ne le ferais au-dessus, dans la rue.

Une semaine maintenant que le monde a effacé ton nom de la liste de ses vivants. Du coup, je l'ai rattrapé au vol et accolé au mien. Il me semble que tu disparais un peu moins...

Je me sens au bout de la vie, et soudain je prête davantage l'oreille à la mort. Je m'étonne qu'elle soit si sournoisement présente, et que l'on puisse l'évoquer si froidement, sans grand ressenti. Comme si elle ne devait que nous frôler, sans nous toucher vraiment. On la banalise, on évoque çà et là, entre la poire et le fromage, un attentat sanglant en Israël arrachant un enfant à sa mère, un accident de la route coupant court à la vie de quatre jeunes gens de retour de boîte de nuit. Lorsqu'on perd son amoureux, il ne s'agit plus de la même mort mais de l'arrachement à soi, d'une immense fracture de l'âme dont on ne soupçonnait pas qu'elle puisse en nous survenir. Ce n'est plus une information mais une inscription, au plus profond de soi, le fer rouge et la meurtrissure extrême.

Tu étais l'écorce qui enveloppait mes jours, le dessus de ma sève. J'ai maintenant la chair à vif. Je me vois m'agiter, me débattre, gigoter de façon désordonnée. Je ne suis que l'ombre de moi-même, une forme un peu confuse, qui me ressemble, vautrée sur le sol ou dansant sur le bitume parmi les bruits de la grande ville. Je suis, dans ce tumulte, le spectateur silencieux d'un drame qui ne peut être le mien, le nôtre. La mort, c'est bien connu, ça n'arrive qu'aux autres, ça n'enlève que des gens que l'on connaît à peine, ou alors des gens très vieux dont on sent que la lassitude les encombre, qu'elle leur voûte l'échine et les rapetisse, les racornit jusqu'à ce que, très logiquement, ils disparaissent du dessus du monde pour glisser au-dedans de la terre.

Mais toi, tu n'es pas les autres, tu es mon autre, donc un peu de moi. Et puis tu étais jeune, fort, grand, tellement heureux de vivre. Ne sommes-nous donc que des éphémères condamnés à ne pas voir le jour nouveau se lever ? L'histoire que l'on me raconte, ta vie finie, tes obsèques en présence de nos amis vêtus de sombre, l'urne te contenant que l'on a plantée entre mes mains tremblantes, tout cela est une erreur, une farce ou un mauvais rêve. À moins que ce ne soit la seule façon que tu aies trouvée de me faire porter un costume noir et une cravate. Tu vas revenir, c'est sûr, tu te seras égaré, je vais te chercher et bien évidemment te retrouver.

Je ne crois pas à ta disparition comme je ne peux croire à ma propre mort, un jour. Si je me pensais vraiment mortel, si je savais que mes jours sont comptés, je ne laisserais pas filer le temps à regarder les séries américaines à la queue leu leu, je ne lirais jamais *Voici*, je ne ferais pas des siestes de trois heures, je n'accepterais pas de dîner avec des cons et peut-être que je n'irais plus travailler, je mangerais plein de gâteaux au chocolat, je n'irais plus suer sang et eau à muscler un corps périssable, je ne ferais aucun effort, je ne passerais pas des années à apprendre des langues étrangères et je ne lirais pas des livres en espérant me souvenir de leur contenu. Finalement, ce serait insupportable.

Alors, pour te chercher, je m'absente, je prends des trains. C'est là que je noircis mes carnets. J'ai besoin de ce roulis, du rythme du wagon qui se frotte au fer de la voie. Je fuis le lieu de ma désespérance, je passe le temps comme il me passe dessus. Mais les trains ne mènent nulle part ; rien jamais ne m'exile de ma douleur et de la pensée de toi. J'ai la tentation de croire que la fuite m'éloignera de la souffrance. Pourtant, tenace, elle me suit toujours, elle creuse son sillon dans mes pas, grandit le long de moi comme le lierre mange peu à peu le mur de pierre.

Pour rejoindre un ami perdu de vue, un amoureux enfui dont un océan nous sépare, on prend des avions. Le monde a beau être vaste, où que soit l'autre il n'est jamais vraiment inaccessible. Le lieu le plus reculé est à portée de main. Toi, je ne te rejoins pourtant nulle part. Tu habites ce pays sans témoin ni retour, cette terre nervurée de rivières qui roulent à contre-courant. Quand je passe le seuil d'une gare ou d'un aéroport, quand je m'installe dans un train ou un avion, il me semble toujours que je pars te rejoindre. Oui, partir, c'est te retrouver. Tu seras forcément sur le quai, là où tant de fois tu es venu m'accueillir, à l'issue d'un week-end passé loin de toi. Je ne verrai que toi, tu dépasses la foule d'une tête et tu esquisses un sourire...

En rêve, dans le demi-sommeil du petit matin, lorsque les pensées sont aussi diffuses que la brume de chaleur sur les monts lointains, je m'invente des histoires. Si les contes endorment les enfants, ils éveillent la conscience des adultes. Les petites choses des contes sont les grandes choses de la vie...

Un train imaginaire me conduit au jardin des absents, on m'a dit que là refleurissaient nos défunts. Je marche pieds nus sur un tapis de pétales tendres et je découvre, mené par le bout du nez, des parfums inconnus. Je te cherche encore sans te trouver... Quand le train me mène, semble-t-il, à bon port, je brandis ta photo à la face des badauds, je les force à planter leur regard dans le tien. Je leur demande ma route, celle qui me portera vers toi. Mais de port, il n'en est finalement aucun de bon. Tu ne seras nulle part, la route est sans fin... La lumière se faufile entre les persiennes, le réveil sonne. J'ai encore rêvé.

L'absence, c'est le vide intersidéral, ce décor un peu flou qui tourne autour de moi mais sans moi, des silhouettes désarticulées et sans visage qui s'agitent dans la brume. Vivre l'absence, c'est avoir la respiration difficile et le corps engourdi. C'est une maladie qui épuise, coupe l'appétit et morcelle le sommeil. C'est une maladie dont on est certain, à plus ou moins long terme, de mourir. L'absence est physique, elle s'inscrit dans le corps.

Perdre l'autre, c'est renoncer à une intimité et à une communication uniques. Je suis démuni sans cette oreille attentive, cette parole apaisante, cette présence évidente. La vie nous apprend à acquérir, à conquérir, rarement à nous dessaisir. La dernière vague du bain de minuit est soudain moins caressante, le café du matin n'est plus assez corsé, le sommeil était réparateur, il est désormais une fuite.

Perdre l'autre, c'est vivre en exil et n'avoir plus, de son pays, entre les mains, qu'une infime poignée de terre. Une terre dont on est certain qu'elle ne donnera pas de fleurs. C'est enfermer au fond d'une valise de carton bouilli les reliques du temps d'avant, quelques photos que les ans pâliront, des vêtements imprégnés d'une odeur qui disparaîtra bientôt. C'est conjuguer le présent au passé, parler une langue que personne ne comprend, lire et relire un livre merveilleux dont personne, jamais, n'a entendu parler.

Je vais quitter la maison quelques jours et j'ai la sensation de t'abandonner. La culpabilité des endeuillés s'immisce partout... Je suis coupable de ne pas t'avoir guéri de la maladie, d'être vivant quand tu ne l'es plus, de chercher à me débattre de ma douleur. Je fuis la maison, cet espace sacré où nous avons vécu, et il me semble que je te laisse en plan. Je t'imagine alité, seul et triste, le frigo vide et moi en goguette. Je dois faire le tour de l'appartement pour m'assurer que tu ne m'attends dans aucune pièce, que tu n'as plus besoin de moi.

Je m'assieds au bord du lit et ouvre le coffre qui se niche à sa tête. Entre des écrins de bijoux, des vieilles pièces d'argent et une liasse de billets, me nargue la petite urne de bois laqué bleu ceinte d'un élastique. Je soulève le couvercle et fais glisser le tube de plastique blanc qu'elle contient. Dix centimètres de haut, deux de large, où sommeille une part de toi, un peu de ton être de cendres. Des bribes de toi, de ta peau, de tes os, de ton sang, de mes baisers et de mes larmes, de tes vêtements, des photos de nos vacances glissées dans tes poches, du petit carnet dans lequel j'ai griffonné des mots d'éternité, de la rose que j'ai posée sur ton cœur, des morceaux du cercueil de bois qui t'a contenu, des soixante roses déposées par-dessus...

Je mouille mon doigt au bout de ma langue ainsi qu'on le ferait pour tourner les pages d'un dictionnaire, le plonge dans le tube et le porte à mes lèvres, sur ma langue, comme on vole un baiser. Sans réfléchir, sans préméditation, j'avale quelques minuscules grains de toi. À nouveau, te voilà en moi. Je rêve que ces grains soient graines, qu'elles germent en moi, te fassent refleurir et redonnent au monde un brin de toi. La mort est une folie et le deuil, un sorcier. Toute ma vie est à créer et à recréer, au gré des jours et de l'humeur, sur le fil d'une souffrance qui s'invente sans cesse des formes nouvelles et des couleurs inédites.

Où es-tu donc quand ce train m'emporte? Mes pensées vagabondent... Il y a bien un endroit quelque part où vivent nos absents... Mais je ne suis d'aucun Dieu, d'aucune église, et je crains fort qu'au néant nous ne retournions, d'un revers de manche, comme nous sommes venus. Les hommes ont inventé Dieu. Les croyants, eux, pensent que Dieu a inventé les hommes. Et puis ça sent trop le conte pour enfants, ce vieux monsieur à la barbe de neige qui, au creux de sa main, aurait modelé la poussière pour nous fabriquer et aurait soufflé dessus pour que nous prenions vie. Soucieux de contenir l'intrépide troupeau des hommes, ces messieurs de l'Église ont eu, aux premiers temps de la chrétienté, l'ingénieuse idée de l'au-delà, de la résurrection. À coups de miracles, de sentences et de punitions, ils ont promis le salut éternel aux plus sages et aux bien-pensants. Quel confort que ces mortels acceptant de manger goulûment leur pain noir avec, au cœur, la promesse de déguster plus tard leur pain blanc, quelque part dans les cieux! « La religion est le soupir de la créature opprimée », écrivait Marx. Plus qu'un soupir, un râle... Un râle long, pénible et douloureux. Tu me traitais de païen quand j'agonissais d'injures le bon Dieu, tu détestais que je blasphème, je crois que j'aurais même pu te mettre en colère.

Mais enfin, où sommeille le secret de la vie et de la mort? Enfoui sous un arbre millénaire au très profond d'insondables forêts, retenu dans la bouche d'un savant faisant silence, claquemuré sous le couvercle d'un coffre de pierre... ou de secret n'est-il finalement aucun? Si, après tout, coulait, en désordre, torrentielle, une cascade de vies et de morts sans logique ni but, sans issue ni sens...

Aujourd'hui, si durement confronté à la mort, j'aimerais croire en un refuge céleste, en un jardin des âmes où un brin de toi batifolerait joyeusement. Je souffrirais tellement moins si je te savais quelque part, sauvé, éternel. L'insupportable, c'est ce nulle part, ce plus jamais, ce plus rien qui prend toute la place.

S'il existe un ailleurs, je te cherche du côté de ma Mamie dont la mort m'a brisé quand je n'avais pas vingt ans et que je veillais sur elle si tendrement. Se dessine son visage nervuré au travers de la fenêtre de cuisine, sa fenêtre sur le monde d'où elle guettait mon retour. Es-tu près de Lucien, le bébé de Sophie et d'Édouard arraché à nos bras lorsque nous comptions encore ses années en mois? A-t-il grandi? Grandit-on là-bas, là-haut? J'attends des nouvelles, de toi comme des autres absents. Es-tu ailleurs qu'en moi? Ailleurs qu'au chaud de mes souvenirs? Je me demande si, dans cet ailleurs, tu pourrais encore rire de mes âneries, jouir de moi. Sentir mon souffle chaud tandis que je dors, mon parfum après la toilette, celui des roses que j'ai couchées sur ton corps et entre tes doigts figés, sur ta demeure de marbre et dans ton urne d'albâtre. Cessons là. Tu n'es nulle part qu'en ceux qui t'ont aimé...

Ton absence est une corde qui m'étrangle, vole mon souffle et me brûle la chair aussi fort que je me débats. Parfois, je me cramponne à elle pour retrouver mon chemin jusqu'à la surface du monde.

Je me sens comme ces ballons que l'on tient du bout de leur ficelle. Un instant d'inattention, une petite crampe dans la main et il vous file entre les doigts. Les bras ballants, la tête en arrière, les yeux accrochés à ce ciel décidément trop vaste pour vous, vous regardez le ballon s'échapper. Il rapetisse, sa couleur pâlit, il devient un point qui sans cesse rétrécit et soudain s'efface. Vous mesurez votre impuissance. Alors, je sers fort la ficelle.

Je voudrais gratter le papier de tes photos pour que tu t'échappes d'elles et m'embrasses. Rien qu'une fois, une dernière fois. Je voudrais souffler sur tes cendres pour que reprenne le feu que l'on a laissé mourir dans l'âtre, que toi, mon homme, tu t'avives, me réchauffes et m'éclaires une fois encore, une dernière fois. Que je cesse, rien qu'un instant, de frissonner.

Noter, annoter, légender, décrire tous les détails de notre vie ensemble. Mon obsession. Du premier jour au dernier, rechercher les rires, m'accrocher à ces instants perdus comme à un radeau quand la mer de ma tristesse se déchaîne, renfiler les mailles de l'étoffe de notre histoire, sentir à nouveau la caresse d'une fin de journée ensemble et la douceur d'un réveil, rassuré par le regard de l'autre posé sur soi. Je voudrais me moquer de la concordance des temps et faire d'un passé perdu un présent retrouvé. Je voudrais que me chahutent sans fin les couleurs, les odeurs, les mots, les sensations, les frôlements, les frissons de ce temps vécu ensemble, hier. Ne rien égarer. De ces émotions rondes, lisses et lumineuses, je ferais un chapelet de perles de verre multicolores que je tiendrais au chaud, au fond de ma poche. Je l'égrènerais à loisir, à la manière des hommes d'Orient, alanguis et dilettantes.

Je veux me rappeler ta vie, tes études à Hawaï, tes voyages en Asie, tes rencontres d'amour et d'amitié, tout ce que tu as vécu et m'as raconté. Mais il y a tant de pointillés, tant de parenthèses que je peine à remplir. Me manquent les noms, des repères, des bribes d'anecdotes. La faillite de la mémoire est une douleur de plus. Je suis gardien d'un temple dont certaines clés ont été à jamais égarées.

Quel épuisement de se souvenir! Tirer les secondes du passé vers l'avenir est une tâche d'esclave. On sue sang et eau à se sauver de l'oubli, à s'agripper à chaque infime souvenir pour ne pas chuter dans le vide.

Sans tes mains posées sur moi, je suis désert. Je me souviens, et soudain ce sont mes doigts qui ont de la mémoire. Il me semble qu'à jamais j'emmêlerai mes doigts dans tes cheveux d'argent, caresserai ta nuque de bas en haut, empoignerai la peau douce et blanche de ta taille que je dérobais sous ton tee-shirt. À cet instant, je vois encore le dos de ma main sur le velours du canapé... J'attends que tu t'asseyes pour mordre de la paume de ma main tes fesses rondes et charnues. Tu n'es jamais dupe : tu devines mes doigts qui vont te saisir et tu t'en échappes dans un grand éclat de rire. Je me suspends à toi, me fonds en toi, niche ma tête dans le creux de ton épaule, tu m'enlaces, m'enserres entre tes bras épais et forts, m'englobes et m'emportes. Avec vingt centimètres de moins que toi, je suis ce territoire occupé, conquis, pris contre ton immensité. Tes mains, larges, carrées, enferment les miennes, petites. Ton regard bienveillant, juste, doux, accroche le mien, fragile et acquis. Tu me dévores, me lèches, me mords, m'avales. Je suis à toi.

Les reliefs du passé sont soudain plus vivaces et précis que ceux du présent. Se peut-il que je sois fou pour voir devant mes yeux grands ouverts des images qui n'existent plus ? Ce sont des vapeurs d'hier comme le flou du mirage quand, en plein été, la chaleur écrase le bitume de la route et que, sur l'horizon, le paysage semble flotter. Le décor du présent s'efface pour que dansent en rythme les vestiges de mon passé. J'assiste presque ébahi, consolé, à ce bal. Je bats la mesure et fredonne ma mélodie du bonheur. Encore quelques instants avant que la morsure du présent ne me fasse sursauter...

Cette nuit de mai, de samedi à dimanche, je suis seul dans la rue. Des âmes errantes, des guirlandes de corps accouplés, des hommes grisés qu'un verre de trop a jetés à terre, des voitures empressées, des rôdeurs hélant un taxi qui jamais ne s'arrête. J'ai horreur de ces fins de samedi, seul. Il y a maintenant un mois que tu es parti.

J'aimais nos samedis à nous deux. Tranquilles, doux. Le dîner chez Joe Allen, aux Halles, foie de veau pour moi, tartare préparé pour toi, le *cheese-cake* en clôture ou parfois, par chance, le gâteau à la banane que nous aimions tant, puis le film à 21 heures au Ciné Cité Les Halles. Une place au bord de l'allée pour tes longues jambes, nos mains frôlées, la mienne réfugiée quelques secondes sous ton tee-shirt, un baiser furtif quand il fait noir... Retour programmé aux alentours de minuit, la voiture garée sur les clous de la station-service ou dans la rue de la banque de France. Paisibles, routiniers peut-être, mais libres et parfaitement heureux.

Nous nous faufilons entre les fêtards et retrouvons notre avenue Laumière. Le long du canal Saint-Martin, des amoureux s'ébattent; sur l'eau flotte le reflet de leurs étreintes. Je pose ma main sur ta cuisse. Quelques minutes encore devant la télé, Ardisson sans doute, et au chaud du lit, nos corps se retrouvent. Joyeux, nus, infiniment proches, aimants, aimantés.

J'aime ces week-ends faits de rien, de tout. J'aime que mon premier regard du dimanche se promène sur ta silhouette endormie, que tu ouvres sur moi un œil puis tes bras forts, et m'accueilles lentement contre ta poitrine chaude. Tu te lèves quand je somnole. Je te regarde, immense au-dessus de moi, tu t'habilles. Je me réjouis de tes formes si pleines et belles, qu'elles appartiennent à mes désirs. Tu sors promener notre Lulu, notre mémère, notre « grosse », comme nous l'appelons, notre labrador chocolat, notre Lulu trop grosse parce que trop gourmande, lisse et douce comme l'énorme ours en peluche dont, enfant, j'ai dû rêver. Tu reviens les bras chargés d'une baguette et de viennoiseries encore tièdes et suintantes de beurre. J'entends que tu t'affaires dans la cuisine, tu prépares ton café, mon jus d'orange, et, une fois les agapes disposées sur la table basse, tu m'appelles et allumes la télé pour te régaler des émissions animalières, surtout lorsqu'elles sont consacrées aux félins.

Une balade, une sieste, quelques lectures et de longs moments à froisser les draps avant un dîner paisible, un éclair au chocolat, devant le film du dimanche soir. Je ne me suis jamais senti plus heureux. Quand l'autre nous enveloppe pleinement, nous n'avons plus besoin de décor, d'activité. Son odeur, son souffle, ses déplacements dans la pièce, le timbre de sa voix nous remplissent magnifiquement. Le trois fois rien devient un tout. On se suffit, on se comble. La vie entière peut s'écouler ainsi. On aime.

Je m'étonne que nous ne nous soyons jamais disputés. Dès lors que nous nous sommes retrouvés, trouvés devrais-je dire, il n'y a pas eu l'ombre d'un désaccord sur le programme d'une journée ou sur un point de vue, ni un soupçon d'énervement après une journée de travail un peu stressante. Pas la moindre bisbille! Une seule petite fois, je me suis un peu fâché. Tu avais écrit au stylo-bille sur un papier posé sur la table du salon, et j'avais trouvé, décalquées dans le bois, toutes tes annotations. Le maniaque que je suis s'est emballé. Trois minutes plus tard, je m'accrochais à ton cou, t'embrassais, te serrais, je m'en voulais que ce petit rien m'ait fait hausser le ton. Nous aimions nos défauts respectifs et ils s'accordaient parfaitement. Tu apaisais mes tumultes intérieurs et je te donnais ma fantaisie. Rien d'autre que la mort n'aurait pu nous séparer. Elle ne s'est pas gênée.

Les jours de mai, tant redoutés sans toi, sont aujourd'hui sonnants et trébuchants entre mes mains et je ne sais à quoi les dépenser. Jours de soleil, de ciel bleu, de réconciliation et de renaissance, quand les corps étouffés par l'hiver se dénudent et se frôlent, quand des sourires coquins jettent un pont entre des âmes que la morne saison avait esseulées, quand même les arbres se remplument et que les fleurs se pavanent et se parfument jusqu'à l'écœurement. Ce mois de mai, tu devais toi aussi te réchauffer de tes jours d'hiver, renaître de la maladie qui t'avait bouffé. Tes cheveux auraient repoussé dru, tes muscles durci après les traitements. La peur se serait doucement effacée de toi...

Nous aurions pris quelques jours de repos, je t'aurais acheté des tee-shirts du bleu de tes yeux, des bermudas et des sandales de cuir tressé pour la plage. Et aussi des livres d'été, des polars inquiétants. J'aurais laissé les fenêtres grandes ouvertes pour que le premier soleil te sorte du lit, des petits mots sur le frigo pour te dire à ce soir, que je t'aime et qu'un jus d'oranges fraîchement pressées t'attend. J'aurais rempli la boîte de tes boules de gomme favorites. J'aurais tant fait que ce conditionnel aurait été un futur simple.

Mais les jours de mai ne t'ont pas attendu, ils sont venus quand tu étais déjà parti. Mai est là à me griffer et, sans même avoir conscience de leur bonheur, les bienheureux posent des baisers de soie sur les lèvres de leurs amoureux, ils posent, lascifs, le temps d'une photo, ils posent trois semaines de congés pour le mois d'août. Et moi, je rêve de déposer les armes.

Une année, dit-on, doit s'écouler avant que l'absence ne cesse d'être irrespirable, pour que s'enracine l'habitude de l'absence. Trois cent soixante-cinq jours et six heures de carence, d'attente, de colère, de parenthèses et de désordres. Comme une terre usée, brûlée, sèche, quatre saisons de jachère avant que je ne donne quelque fruit. On verra bien...

Ce printemps où tu es parti, je ne l'ai pas vu passer. Je survivais hors du monde. Je n'ai pas vu les bourgeons, les premiers soleils, les écorces se gonfler sous les battements de la sève dans le ventre des arbres. Les promesses de renaissance en voie d'être tenues m'étaient insoutenables.

Puis l'été est venu. À son tour, il me dessèche, m'assomme et me porte au cœur, comme une crème fouettée trop douce. Le ciel est d'un bleu si immense que je crains de m'y noyer, le soleil si

ardent que ses flammes me lèchent jusqu'à la brûlure. Les corps, très offerts, se dénudent, se pavanent
et s'étreignent. Écœurant de bonheur! Les rires
sonores me heurtent et m'égratignent. Accrochés
l'un à l'autre, souffles mêlés, les amoureux évoquent
toujours plus fort les vacances toutes proches, ils
s'amusent d'une scène de rue, d'une blague qu'eux
seuls peuvent comprendre. De leurs mains jointes,
ils pétrissent un monde qui n'appartient qu'à eux.
Pour moi, seul, l'air est irrespirable. Tandis que la
chaleur me picote la peau, je rêve des frimas de
l'hiver, de me recroqueviller chez moi, à regarder la
pluie frapper mes vitres. Je voudrais encore croire
que le cycle des saisons te ramènera dans son
manège.

14 juillet. C'est aujourd'hui fête nationale; en
moi tout sonne la défaite. J'ai bien fait de quitter la
France cette semaine, d'être loin de la Bastille, des
façades plantées du bleu-blanc-rouge de la victoire
et des flonflons de bals des pompiers.

Un décor de rêve pour ma vie cauchemar : la
maison de pierre dans le campo d'Ibiza, écrasée par
le soleil de juillet, ciel bleu à peine marbré de quelques traînées cotonneuses. D'immenses sols blancs
craquelés sous le pas lourd du soleil, sur lesquels, à
l'heure de la sieste, s'aventure nerveusement un

lézard égaré. Et puis, il y a moi qui vais et viens entre l'eau de la piscine et un recoin protégé à l'ombre d'un palmier si haut que je n'aperçois que le dessous de ses feuilles. Un citronnier plie sous le poids de ses fruits ronds et lourds, une vigne rampe sur les marches tel un serpent de feuilles et de petites boules juteuses d'une ivresse à venir. D'entre les pierres, ont jailli les lauriers, les cactus, les bambous qui dodelineraient sans doute de la feuille si un filet de brise voulait bien passer par là.

Et il y a encore moi, là au beau milieu, à contempler la beauté du monde, sa fragilité et sa résistance à tous les outrages. L'eau pourra noyer, le feu consumer, au jour nouveau la terre malmenée saura se faire berceau pour enfanter encore et encore. Et moi, vais-je éclore à nouveau ? Vais-je revivre un jour ?

Dans le creux de mes oreilles coule la musique de mon iPod, les mots de Nikos Gatsos drapés des mélodies de Manos Hadjidakis, servis comme sur un plateau d'argent par Nana Mouskouri. La langue grecque onctueuse et piquante, chaude et souple s'enroule de -*aki*, de -*mou*, de -*apo*, de -*os* ; ses voyelles ouvertes s'arrondissent en bouche comme un mot tendre, lèvres entrouvertes comme à l'heure d'un étonnement. Les sonorités âpres de quelque improbable percussion ou le pincement d'une guitare aride se frottent à la voix de Nana, tour à tour douce comme le miel ou rocaille brûlante réveillée par un ruisseau glacé. Je pourrais me sentir bien...

Je peux boire un Coca light bien frais, plonger la main dans cette coupe en bois d'olivier regorgeant d'amandes nées de l'arbre qui me fait face, de prunes ventrues, de pêches de vigne à la douceur de peau de bébé. Je peux frissonner de l'étreinte qu'un courant d'air offrirait à ma peau cuite. Je peux enfouir mes lèvres dans une gigantesque part de pastèque humide, gémir d'aise sous les caresses d'un nouvel amant qui me désirerait, jouir du confort le plus doux en plongeant mon corps dans l'eau fraîche du bassin, agiter avec vigueur mes membres pour me sentir jeune et vivant. La vie est offrande. Mais je peine à la recevoir.

Je me perds dans l'eau frémissante de la piscine. Je cherche en son fond ta silhouette rampante et, à la surface, son reflet en flou. Quelques secondes vont s'écouler et ta tête va soudain briser le miroir de l'eau. Tu vas reprendre ton souffle, tes cheveux seront collés sur ton front et tes yeux brilleront autant que le saphir. Ton large sourire me dira le plaisir de l'instant partagé. Je te regarderai, félin, gravir les marches de pierres brûlantes, rejoindre ton matelas et t'étendre, bienheureux. Couché tout près de toi, j'observerai les gouttelettes d'eau perler de ton visage à ton buste. Je me dirai une fois encore combien tu es beau. Mais la piscine fait silence. De là non plus tu ne viens pas.

Et pourtant, moi, je suis là, vivant. Je peux tout faire, jouir de tout, goûter chaque parcelle du monde, le sentir, l'entendre battre, l'écouter ronronner si je veux bien tendre l'oreille, le toucher, le voir, le faire vibrer au-dedans de moi.

Je suis donc vivant ; tout de moi peut danser et chanter au son du vaste monde. Ma main gauche caresse le bois bruni d'une table sans âge, ma main droite s'accroche à ce stylo qui me relie au monde, à ce piquet auquel j'ai choisi de m'amarrer pour ne pas me perdre.

Oui, je suis vivant. Sans cesse le dire et l'écrire pour m'en persuader, ne pas l'oublier. Le marteler dans mon cœur, me pincer la peau, m'en marquer l'âme comme on tatoue son chien fidèle. Le monde est plein de senteurs, de formes et couleurs, de sons. Le vent est fidèle à lui-même, il caresse et balaie. Le soleil est fidèle à lui-même, il réchauffe et brûle. Les eaux s'écoulent, inlassables, douces et fraîches. Il ne manque que toi à ce grand monde si parfait, uni et huilé comme la plus accomplie des mécaniques.

Ce premier été de l'absence, si vide de toi et écrasé d'un soleil de plomb, me replonge dans nos deux derniers étés. Celui de la canicule, que tu avais passé loin de moi. Au téléphone, nous nous répétions chaque jour la douleur de la séparation, l'empressement à nous retrouver, à nous faire l'amour. Aux derniers jours d'août, tu avais enfin poussé la porte et, sans attendre l'alcôve, dans la cuisine, nous nous étions dévorés, avalés.

L'année suivante, nous passions enfin nos vacances ensemble. Ce n'était plus un week-end ou quelques jours volés à nos plannings trop serrés mais notre premier vrai voyage. Et le dernier. Deux semaines enfin à se goûter sans perdre une seconde l'appétit. Que ne nous sommes-nous pas offert ce festin plus tôt, plus souvent! Nous l'avons regretté. Tu avais parcouru de long en large les États-Unis, traîné tes guêtres au Moyen et en Extrême-Orient, un peu partout en Europe, sans jamais faire escale en Grèce. J'ai tout de suite voulu que nous fassions ensemble ce voyage. Mon deuxième pays, le choc de mes dix-huit ans, dont mes mains n'ont jamais oublié le toucher des pierres brûlantes, mon corps les eaux claires de Santorin tiédies par un soleil d'or. J'ai à fleur de mémoire les chants *rébétiko* qu'essaiment les ruelles enlacées de Plaka, les cordes pincées de leurs bouzoukis, les effluves de ce jasmin qu'étreignent des façades sans âge, le goût du miel, de la citronnelle et de l'agneau rôti. J'ai appris les mots du pays, chanté ses mélodies, aimé ses gens.

Nous avons choisi Santorin. J'y étais allé deux fois, la première à l'âge de dix-huit ans, en colonie de vacances, l'autre avec mon *serial lover*. Second séjour dont j'ai d'ailleurs effacé toutes traces, si ce n'est le souvenir d'un ciel gris venu tristement se délaver sur la chaux des maisons et une bague qu'il m'a offerte et dont je n'ai cessé de perdre les pierres une à une. Elle est aujourd'hui une relique au fond d'une boîte, à l'image de ce vieil amour désossé, mort.

Avec toi, Santorin retrouve toute sa lumière. Dans l'avion, je m'amuse une fois de plus de tes jambes trop longues, comme écartelées entre le siège de devant. À l'arrivée, je convaincs un chauffeur de taxi de nous emmener à l'hôtel pendant qu'il invite deux Italiens à partager notre voiture, doublant ainsi le bénéfice de sa course. Bienvenue en Grèce... Et toi, toujours aussi calme tandis que je m'emporte.

Dans la nuit naissante, nous serpentons le dédale d'Oïa piqueté de mille lueurs que la brise fait trembloter. Nous découvrons notre hôtel vissé au sommet du village, la chambre si charmante et sa terrasse flottant entre ciel et mer au-dessus de la rumeur du soir qui gonfle depuis les tavernes et les échoppes garnies de bougies, de *komboloïs*, d'icônes et de bijoux d'argent.

Je garderai intact le bonheur de l'instant, cette joie qui vous rosit les joues et vous donne chaud partout au-dedans, juste au-dessous de la peau frissonnante. Une semaine s'écoule ainsi. À ne rien faire d'autre qu'à être heureux. Rien que des petits déjeuners longs et copieux, comme tu en raffoles, des siestes non moins copieuses alors que nous avons encore les yeux gonflés du sommeil de la nuit, des salades de tomates-concombres sans feta — tu as horreur du fromage — et les cafés frappés mousseux et bien glacés, les pauses lecture longues comme des jours, les câlins, la climatisation à plein régime.

Un après-midi, sous un cagnard à se liquéfier, nous nous imposons l'escalier sans fin qui creuse la caldeira, du minuscule port où clapotent quelques pêcheurs égarés au sommet d'Oïa, où s'empilent, incrustées à fleur de montagne, les petites maisons chaulées aux toits de lapis. Nous rions de notre audace à nous lancer dans pareille ascension à l'heure où la sieste a englouti toute la population de l'île. Un autre jour, nous embarquons à bord du rafiot qui mène au volcan et propose une baignade dans les eaux cuivrées d'une niche sculptée à vif dans la falaise. Une Australienne née à Grenoble, pétillante, aussi irrésistible qu'un gros sucre d'orge brillant et coloré, est folle de joie de pouvoir parler français avec nous. Elle nous photographie. Me reste cette image de nous, torse nu, contre la falaise orangée et ses eaux de cuivre. Nous sommes radieux, beaux. Je n'aurais pas dessiné autrement le bonheur.

De ces jours, il me reste une pochette de photos. Pêle-mêle des sourires en cascade sur papier glacé margé de blanc, nos corps çà et là immergés, alanguis, nos mines réjouies accrochées à des couchers de soleil de conte de fées, photographiées du bout de ton bras que tu as si long, nos silhouettes arpentant le volcan, foulant son sol de cendres et ses flaques de soufre fumant... Au loin, la mer, ce tapis de mailles d'or, infini. Comment faisait-on pour se souvenir quand la photographie n'existait pas?

Ces images d'hier dansent dans ma tête. À vive allure parfois, sur une musique endiablée qui me soûle et me frappe les tempes, à perdre l'équilibre. D'autres fois très lentement, au rythme d'une ballade dont je savoure souffles, respirations et silences. En fondu enchaîné, le passé et le présent, fines tranches, se superposent...

La seconde semaine de nos vacances, nous changeons d'île. Un bref coup d'œil sur les conditions d'accès et nous optons pour Paros. Pour moi, les choix sont toujours un peu compliqués, pour toi ils ne font jamais un pli. Je te regarde, fasciné. J'aime que tu prennes tout en main, que tu décides, tu le fais si naturellement, sans autorité. Tu as feuilleté le *Routard*, passé un coup de fil à l'hôtel et réservé une chambre. La tenancière parlait français, son mari viendrait nous accueillir à l'aéroport. Bonne pioche, tout simplement.

L'endroit est calme, charmant, offrant une vue très dégagée sur la mer. Nous nous amusons du caractère bien trempé de Cléa, la patronne, qui, d'une main de fer mais sans gant de velours, décide de ce que nous mangerons ou des lieux que nous visiterons. Elle se flatte sans relâche de la qualité de son accueil, tempête après les imprudents qui ne se soumettent pas à sa loi et houspille avec véhémence les enfants qui ont le vilain défaut d'être des enfants. L'endroit se révèle idéal, et il est finalement très divertissant d'être terrorisés de la sorte par notre Gorgone. Sans compter que nous partageons bientôt avec Françoise, une habituée du lieu depuis plusieurs années, le récit des accès d'autorité de dame Cléa.

À bord de notre voiture de location, nous sillonnons l'île, faisant halte selon l'humeur de l'instant, ici une crique déserte, là une plage plus courue, et le soir un détour par Naoussa, le dîner au *Sud*, la table de l'île. Entre chien et loup, le village s'éveille, les terrasses se gorgent de vie tandis que, par leurs portes entrouvertes, de minuscules églises laissent échapper des encens lourds, des grappes de vieilles dames endimanchées et d'hommes de Dieu barbus, drapés de sombre et coiffés de leurs drôles de chapeaux ronds. Tu ne t'impatientes jamais quand je veux essayer un bijou d'argent comme je les aime tant et dont tu te moques bien. J'achète un jouet de bois pour ma nièce, une petite lampe de perles de verre bleu pour mon bureau. Toi qui n'achètes jamais rien – tu vis sans grand besoin –, tu t'es décidé pour un lourd *komboloï* de perles de pâte de verre.

Depuis que tu es parti, il trône enlacé au miroir de la salle de bains.

Ces jours de vacances s'écoulent aussi simplement et sûrement que les eaux vives dans leur lit. La veille de notre départ, je te persuade de te plier à une séance de photos improvisée. Pas vraiment dans nos habitudes. Est-il écrit qu'il ne restera bientôt de toi que ces instants mis en cage ? J'attrape le numérique que nous n'avons jamais utilisé auparavant et je te photographie, étendu sur une chaise longue. Ton visage rougi par les feux du soleil semble un peu dur, tes yeux sont très bleus. Tu es terriblement beau. Je te demande de te décaler sous la tonnelle devant un mur blanc sur lequel court une vigne vierge. Trois clichés : l'un où tu es sérieux, concentré; le deuxième, éclairé du plus tendre sourire, tes pattes d'oie doucement pincées; et le dernier, ton visage jouant à cache-cache avec la branche de vigne qui danse dans le vent.

Le retour de Grèce aura été aussi mouvementé que le séjour fut paisible. La mer est démontée, tu es malade, toi qui n'as jamais eu le mal de mer. Le ferry nous lâche en cours de route sur une île. Plus question de rejoindre le Pirée et encore moins l'aéroport d'Athènes. Tu es d'un calme proprement olympien quand, moi, j'enrage.

Après quelques heures d'attente à siroter en terrasse un énième café frappé, nous attrapons enfin un rafiot, une de ces bétaillères surdimensionnées à étages et coursives à bord desquelles se pressent des grandes tiges suédoises en goguette avec, pour seules formes, leurs sacs à dos tout bosselés, des Teutons ventrus en mal de randonnée, des Hollandais à deux roues et une flopée de vieilles Grecques encombrées de balluchons joufflus. Nous comprenons bientôt qu'elles rentrent des processions de la Vierge. S'amoncellent autour d'elles leurs tabourets pliants, images pieuses, gamelles en tous genres et bestioles de tout poil. Elles agrémentent leur pieux exode de la dégustation de quelque douceur tapissée de miel doré dont leurs gros doigts seront bientôt prisonniers.

Il faut se ruer dans l'une de ces grandes salles bondées pour espérer s'asseoir. La foule, qui semble montée sur roulettes depuis qu'un roi du bagage a imaginé ces maudits trolleys dont les touristes du monde entier sont aujourd'hui greffés, glisse telle une boule de bowling sur le linoléum de notre paquebot. Enfin, sur un coin de banquette, nous nous réfugions.

Je ris encore du spectacle d'apocalypse qui s'offre alors à nous... À un mètre, sur la banquette d'en face, s'est amarrée une vieille dame du cru. Elle n'est pas grosse mais énorme, presque plus large que haute, le bras emprisonné dans un plâtre que soutient une écharpe très sale. Souffrant de son handicap, de son volume et de la chaleur étouffante, la pauvre femme, sans doute en quête d'un sommeil réparateur, a la bonne idée de s'étendre sur sa banquette. Tout au long de la traversée, nous tremblerons d'effroi à la vue de cette baleine, échouée sur notre rivage, au bord de rouler à terre. À la moindre secousse, nous voyons son abdomen s'affaisser et se laisser dangereusement attirer par le sol. Sa robe est souillée par toutes les agapes de ces derniers jours de procession, et les boutons finissent même par céder sous la tension de sa volumineuse anatomie, dévoilant ce sein que nous ne saurions voir. Lorsqu'elle finit par piquer du nez, non sans s'être contorsionnée dans tous les sens, sa bouche s'ouvre grand, et nous voilà face à son unique dent. Bien sûr, noire! Plantée dans sa gencive, comme l'îlot de la dernière chance pour le naufragé.

À cette vision, s'ajoute un échantillon d'effluves redoutables : elle vient de retirer ses mules, sans doute déchiquetées par la ferveur du pèlerinage. Ses doigts de pieds déformés et racornis gesticulent avec aise et volupté. Tandis que nous obsède le roulis malodorant de ce corps à l'abandon, nous rions dans nos barbes. Cette dame nous touche sans doute autant qu'elle nous répugne. Un tableau de la vie dont, décidément, nous n'oublierons aucune nuance. Je vois tes yeux se plisser, les larmes les embuer.

La traversée s'achève dans une banlieue d'Athènes, un bled portuaire qui fleure la désolation. Toujours aussi calme, tu déniches une chambre, hors de prix, dans un hôtel de passe plus que de charme. Le lit, ô combien étroit, a grand mal à contenir nos larges épaules. Quant au sommeil, nous ne le trouverons jamais... Portes claquées, équipes de sportifs déchaînés, éclats de rires avinés ainsi que la visite d'un cafard de fort belle taille ponctueront notre nuit. Le réveil sonne au tout petit matin, un taxi nous attend pour nous conduire à l'aéroport. Les yeux brûlants de sommeil, je veux te photographier dans notre couche d'infortune. Tu m'en empêches. Sur ce cliché, ta main brandie devant l'objectif, rien de ton visage n'apparaît. C'est la dernière photo du voyage, la toute dernière des jours heureux.

Maintenant, à presque six mois de la perte de toi, c'est septembre. Le frais venu, on dévoile un peu moins ses épaules, on enfile même un tricot le soir, comme dirait ma grand-mère. Je relève mon col mais pas vraiment la tête. La vie qui reprend, la rentrée rassurent un peu, tout de même. La béance de l'été, le premier sans toi, se referme. La vacance s'emplit à nouveau et suivre le chemin des écoliers a cela de confortable qu'il vous impose des devoirs. Le flot des revenants de septembre, comme un seul homme, m'emporte dans sa danse parfaitement cadencée. J'emboîte seul ce pas de deux, en traînant un peu la patte. Se profile l'automne... Les arbres ébouriffés de l'été choisissent leurs nouvelles parures sur un écheveau d'ocres. La nature a, pour lutter contre le gris du ciel, des armes que je n'ai pas.

Tous les septembres se ressemblent, on les traverse la main à son cou pour se protéger d'un courant d'air. Maladroitement, comme si l'on apprenait le geste, comme si on n'avait gardé en soi que la mémoire de l'été et oublié les froids de l'hiver dernier. Mais à jamais, pour moi, septembre, c'est le froid de cet instant où nous avons appris que tu étais malade, le frisson gigantesque qui m'a fracturé le cœur, l'irruption du danger enveloppant de fragile ce que je croyais immuable.

À la veille de notre départ en Grèce, tu m'avais parlé d'une gêne au niveau du pectoral gauche, une petite protubérance. Tu avais tardé à m'en avertir, craignant que je ne m'emballe et que je ne te traîne faire des examens au risque d'annuler notre voyage. Ta foi en la vie te dictait d'attendre la rentrée. Ça n'était sûrement rien... Ton optimisme est finalement si communicatif que je ne m'inquiète pas davantage. Rien qu'une petite infection, une boule de graisse dont le premier dermato venu fera son affaire... Et puis tu es un chêne si grand, si fort... C'est à peine si tu as eu une grippe, avalé un antibiotique. Je ne saurai jamais si tu t'es réellement angoissé pendant nos vacances. Tu songes tellement à me protéger! Je note simplement que cette gêne t'empêche de dormir sur le ventre et sur le côté. À mon grand désespoir, donc, tu dors sur le dos avec la symphonie de ronflements qu'implique la position. Je tourne et vire longuement avant de trouver le sommeil tandis que, bienheureux, tu imites le souffle obsédant de la locomotive. Et, bien sûr, tu ne me crois pas quand je te relate tes exploits sonores. Un enregistrement finalement te rabattra le caquet et nous fera beaucoup rire.

Quelques jours après notre retour de Grèce, tu pars chez ta mère comme prévu. En catimini, tu te fais examiner à l'hôpital. Le médecin ne pose pas de mot sur ce renflement qui roule sous ta poitrine, mais il veut tout de même t'hospitaliser au plus vite pour l'extraire. Songeant à la réouverture, quelques jours plus tard, de ton atelier de maroquinerie et au retour des ouvrières, tu préfères remonter à Paris pour t'assurer du diagnostic auprès d'autres médecins. Après un détour par l'hôpital Tenon dont les salles d'attente regorgeant de toutes les misères du monde t'ont découragé, tu te rends à l'hôpital Saint-Louis, à deux rues de chez moi. Je ne t'accompagne pas. Habitué à te gérer seul et, j'en suis sûr, peu enclin à te montrer flanqué d'un garçon, tu préfères qu'il en soit ainsi. Je me suis fait à ta sacro-sainte discrétion, à ce que personne ou presque ne sache que tu partages la vie d'un homme. Je ne me sens pas moins aimé. Je crois même que j'apprécie cela comme je suis ravi que les hommes ne pensent pas à te convoiter, persuadés que tu es au lit des femmes. Me séduit d'ailleurs l'idée que ces dames te fassent les yeux doux et accrochent leur regard à ta prodigieuse chute de reins et à ta carrure de colosse.

Je ne te tiens pas la main lorsque, à l'hôpital Saint-Louis, on pratique une ponction de ta grosseur, et je ne suis pas là quand tombent les résultats. Ce jour-là, je suis au bureau, j'attends ton coup de fil. Je m'étais persuadé que ce n'était qu'une formalité, qu'un traitement médicamenteux – deux le matin, deux le soir, griffonné sur une ordonnance hospitalière mettrait en pièces ce petit bobo de rien du tout. D'où ai-je pu tenir que rien jamais ne t'arriverait ? J'ignore pourquoi mais je t'ai toujours pensé invincible. Peut-être par la grâce de cette force tranquille dont tu semblais auréolé, ou de la largeur de ton buste au creux duquel je trouvais si délicieusement refuge. Et, bien que treize ans nous séparent, j'ai pensé que ce serait toi qui un jour me coucherais sous un lit de roses au chaud de la terre.

Tu sors de l'hôpital et t'assois sur un banc pour me téléphoner. La sentence vient de tomber, lourde, tranchante et froide comme un couperet d'acier : lymphome, chimiothérapie, des mois de traitement, des hospitalisations toutes les trois semaines... Ta voix ne tremble pas et, malgré la violence du choc, je crois que je n'ai pas peur. Je ne crains pas de te perdre, je n'y pense même pas. Je sais que je serai là à chaque instant de l'épreuve et que toi, tu sauras décourager le mal de t'envahir. Je suis au bout du fil à te dire que nous allons passer ce sale moment ensemble, à te promettre la guérison. Ça ne fait pas l'ombre d'un doute... Un détour par le bureau de Marion avec en bouche le goût salé de mes larmes et l'aveu de mon amour pour toi. À y regarder de plus près, finalement, j'ai peur.

Je surfe sur le net, priant Google de me rassurer. Je tape lymphome, les pages défilent sur l'écran, j'imprime une épaisse liasse de ces infos recueillies. Je me précipite à ton atelier. J'ai besoin de te voir, de border ta peur de mes mots tendres, tes lèvres de mon souffle chaud, d'enfouir mon corps en creux du tien. Mes mains vissées à tes épaules, nos sorts liés, je t'aime. Tu ne veux pas lire les pages que j'ai imprimées, sur lesquelles, noir sur blanc, s'étale l'autre petit nom du lymphome : cancer de la lymphe et des ganglions. Je rencontre dès lors une autre part de toi, celle, fragile, d'un homme dévoilé, je ne t'en aime que davantage. Palpite la terreur sous ton corps de géant. Tu me dis la peur et la façon dont les bras t'en tombent. Je vais à mon tour te protéger, te donner mes mots, toute mon attention et mes gestes tendres. Que pas un instant tu ne sois seul contre ta peur. Il me reste à t'en persuader...

Nous sommes couchés, tout près l'un de l'autre. Tu évoques ma jeunesse, ce que j'ai déjà vécu de douleurs, et m'exhortes dans l'élan à te quitter, à fuir ce qui t'attend. Ta proposition m'effraie et me fâche, me laisse redouter que tu ne veuilles plus de moi, pire, que tu ne m'aimes plus. Qu'au petit matin, dans un accès de fierté ou de peur, tu m'invites aux adieux, me congédies. Dans les films et les romans, on voit souvent ceux qui s'aiment se séparer. Une nuit difficile, un sommeil fragile. Bien sûr que je ne te quitte pas. Je comprendrai un peu plus tard que seul l'amour guide ton invitation à nous séparer. Désormais, nous ne nous quitterons plus jamais.

Tu accepteras que je sèche tes larmes quand te gagne le découragement. Je t'aime anéanti comme je t'aime fort et inaltérable. Je t'aime homme pétri de toute ton humanité, je t'aime mon homme.

Baptême du feu. Première chimiothérapie. Quatrième étage. Service immuno-hématologie, Coquelicot 4 comme l'on l'appelle. Rien, pourtant, d'un champ de fleurs! S'initient des rituels que nous renouvellerons neuf fois. L'admission et l'installation dans la chambre, la découverte d'un patient avec qui partager l'intimité, son corps dévoilé, la salle de bains, les amis de passage, le récit de sa maladie, sa peur, l'espoir, la complicité aussi parfois. Ici, plus rien de la hiérarchie du dehors, les puissants sont des vassaux, la maladie est seule maîtresse à bord. Plus de riches ni de pauvres, plus d'intelligents ni de bêtas. Le mal ne choisit pas ses proies, il mord où bon lui chante. Dans les chairs tendres comme dans les plus coriaces.

À sa guise, il épargne ou emporte le supplicié. Des corps malmenés déambulent, des pudeurs contrariées, la peur à nu, la souffrance à vif. Tous, sous la même pluie battante, dans le même froid qui pince. Des femmes, quelques hommes, tout de blanc vêtus comme les anges, leur prénom posé sur la poitrine juste au-dessus des battements du cœur, font glisser leurs mules de plastique sur le linoléum en poussant leurs petits caddies encombrés d'ustensiles.

Les murs sont jaune soleil, éclatants, aveuglants, aussi artificiels qu'un bonbon chimique ; je me dis que c'est sans doute fait pour rappeler la vie, la lumière, la chaleur, et aussi un peu maladroit vu que la chimio a déjà peint de jaune les visages des patients. Le néon rasant souligne les chevelures éparses et creuse les traits. Sur le tableau du couloir, les petites loupiotes gravées du numéro de chaque

lit s'allument et s'éteignent. Ce sont les vies qui cli-
gnotent, selon qu'elles souffrent ou seulement
s'impatientent.

On te pose le cathéter, ce robinet par lequel
s'écouleront les produits. C'est un nouveau renflement sur ta poitrine, juste à fleur de peau. Et tu
dois t'habituer à ce que roule dans ton ombre le
perroquet duquel pendent les poches de liquides : le
sodium dès le premier jour, puis la chimio, les deux
ou trois jours suivants, qui, goutte à goutte,
s'écoulent. Nectar jaune, rose ou rouge selon les
heures. Je vois ton visage s'en imprégner. Un
matin, tes joues rosissent ; le lendemain tu te teintes
de jaune. Je fais en sorte que nous en riions, mon
homme arc-en-ciel.

J'ai beau habiter à deux rues de là, j'ai le plus
grand mal à te laisser quand vient le soir. Je
m'éloigne avec peine de l'usine-des-vies-fragiles
dont la lumière blafarde semble blanchir le ciel de
nuit. Je pense à tous ces combats menés, aux vies
débattues, aux corps roués par la douleur derrière
les murs de cette gigantesque architecture bariolée
made in seventies. Je pense aux familles et aux
amoureux qui, rentrés chez eux, broient du noir, se
couchent dans le lit trop grand et refroidi par
l'absence, avec le songe fou d'être plus vieux de

quelques mois pour savourer le spectacle de la guérison et le frôlement des jours meilleurs.

Heureusement, je te téléphonerai à l'instant du coucher. Comme si tu étais chez toi, et moi chez moi, comme cela arrivait deux fois par semaine avant la maladie, nous évoquerons le programme télé, le coup de fil d'une amie ou ma lecture du soir. Sur un mot doux, on se couche, juste séparés par deux rues, moi dans ma bonbonnière, toi dans l'usine-des-vies-fragiles sur laquelle le jour ne se couche jamais.

Premier geste du matin, te téléphoner, m'assurer que tu as bien dormi. Les boules Quies heureusement te protègent du roulis continuel des chariots, des portes claquées, des sonnettes et gesticulations diverses des corps agités.

Et l'on finit par se recréer des habitudes, comme dans le vrai monde, là où la vie coule sans se débattre, où elle file sans même qu'on s'imagine qu'il puisse en être autrement : mes visites, deux par jour, l'après-midi et le soir, quand je ne vais pas au bureau, sous le bras mon balluchon de linge propre ou neuf – j'aime t'acheter des pyjamas de velours, des écharpes, des tee-shirts – en échange de celui à laver, que tu jettes bien sûr en désordre au fond de ton placard.

Je t'encombre de journaux, de livres, de gâteaux et de boules de gomme quand le médecin ne t'interdit pas le sucre. Si la fatigue ne te coupe pas les jambes, nous descendons à la cafétéria. C'est presque comme un bistrot, si ce n'est que les gens portent ici des pyjamas en pilou, des robes de chambre en éponge et tirent leur perfusion en traînant la savate. Certains soirs, tu me raccompagnes à la sortie après que nous avons soulagé le distributeur de confiseries du hall d'un ou deux Bounty, ton péché mignon. Un baiser volé, et non loin de nous, près du tourniquet automatique, des patients font la ronde autour d'un cendrier. Une danse un peu macabre, cernée de volutes. Entre leurs jambes ou derrière leur dos voûté, en rang d'oignons les perfusions. Les teints sont, selon, pâles ou cireux, les silhouettes, décharnées, le souffle court. La cigarette du soir ressemble fort à celle du condamné.

Ton corps change. Sous la brûlure de ces décapantes chimios, tes muscles fondent. Tes cent kilos ne sont plus que quatre-vingt-cinq. Les arrondis de tes formes si parfaites se creusent, et je sais que là est ta plus grande souffrance. J'ai beau te répéter que dans quelques mois tu retrouveras tes entraînements de musculation et l'épaisseur de ta silhouette, rien n'y fait. Si la fonte de ce corps dont tu étais si fier est manifeste, je ne la ressens pas vraiment. Il me faut feuilleter les photos d'hier pour m'en rendre compte. Je m'habitue très naturellement à ton apparence, pas toi. Je t'aime autant, te désire autant. Tu peines à me croire, tu te dégoûtes. Tu te caches de mes regards, te couvres d'un tee-shirt au moment du coucher et moi, je te goûte pourtant avec délice, me blottis contre toi et promène mes mains sur toi, que tu sois de muscles durs ou de chair fatiguée.

Tu vis accroché au verdict du pèse-personne. Tu réclames au médecin des compléments alimentaires tandis que je te mijote des petits plats. Je prends l'habitude de venir à l'hôpital avec mes gamelles, le plus souvent des pâtes garnies des sauces les plus riches, comme tu les adores, des crèmes dessert aussi. Je ne repars jamais sans blinder la table de nuit de paquets de biscuits et de tablettes de chocolat.

Lors de ton second séjour à l'hôpital, le plus long de tous après qu'une infection des méninges t'a affaibli, je rase tes cheveux d'argent avant qu'ils ne tapissent totalement l'oreiller. Près de la fenêtre de la chambre, tes épaisses mèches couleur d'acier brillent une dernière fois dans la lumière du soleil pour mourir sur le lino terne. Tu n'auras plus jamais de cheveux. Ton crâne rasé fait ressortir la beauté de ton visage et le bleu de ton regard. Pourtant, tu te détournes du miroir. Tu viens de commencer à te fuir.

Après les premières chimiothérapies, le mal commence à battre en retraite, de manière spectaculaire, dit-on. Le soulagement est pourtant de courte durée...

Quelques semaines plus tard, on nous apprend que le crabe redouble de vigueur, il s'aventure maintenant sur les os du bras. Il faut changer le traitement, durcir les doses pour mater la rébellion. La fatigue te ronge davantage. Lorsque cesse l'injection du nouveau produit, tu restes exsangue, épuisé par le moindre geste. Nous vivons alors menottés au comptage des globules blancs, aux prises de température, sans cesse à redouter l'aplasie et la barre des trente-huit degrés qui te conduiraient direct aux urgences. C'est arrivé un dimanche soir : nous étions l'un contre l'autre au lit tandis qu'au-dehors sévissaient les premiers froids et que s'abattait une petite pluie fine. Ta température a commencé à grimper, il a fallu faire ton sac à la hâte, remonter les deux rues qui mènent à l'hôpital et là, je n'ai eu d'autre choix que de t'abandonner aux urgences, lieu glacé de toutes les misères du monde. Le lendemain, tu as rejoint Coquelicot 4, sain et sauf, presque la fleur au chapeau.

Tel le grand chêne sous la gifle de l'hiver, tu plies et te dénudes au fil des chimios.

Tu as plus souvent froid, plus souvent peur. Mais à l'usine-des-vies-fragiles, quand on se sert les coudes, il y a aussi les rires. Il faut rire de tout, attraper au vol toutes les drôleries, saisir toutes les complicités. Serge est entré dans nos vies. Quand le programme de vos réjouissances respectives l'autorise, vous obtenez, Serge et toi, de partager la même chambre. Après le gros routier répétant à longueur de journée qu'on ne guérit jamais de cette maladie, l'écervelé qui se bâfre jusqu'à plus faim des programmes de M6 et le black qui ne parle pas un mot de français, la présence de Serge est une juste réparation. Il se crée comme une famille, avec ses retrouvailles et ses rites. Il nous aura suffi d'un morceau de chocolat pour amadouer Serge, nous raconter nos histoires et bientôt faire copains. Vous riez ensemble de vos bobos, partagez les peurs et les découragements pour mieux fêter les bonnes nouvelles. J'en viens à me soucier des fièvres et de l'appétit de quelqu'un que je ne connaissais pas quelques semaines plus tôt. Nous ne sommes que des hommes et plus rien ne compte que notre humanité en péril. Nulle part la sympathie ne trouve davantage son sens : on souffre avec l'autre.

À l'usine-des-vies-fragiles, surgit un jour Patrice, un joli fanfaron pétillant, fou de drôlerie, d'insolence et de colère aussi. Il arrive flanqué de sa petite copine, belle comme un cœur et aux petits soins, et de quoi équiper le lieu : musique, lecteur de DVD, sucreries en tous genres et, côté vivres, de quoi tenir un siège. C'est Patrice, le magnifique, bondissant comme un diable de sa boîte. Il annexe, conquiert et envahit. La mort, il l'a frôlée de si près que ses parents avaient commencé de creuser la terre et commandé la pierre qui la refermerait. Tous les virus possibles, chopés à l'hôpital et à l'extérieur, se sont accrochés à sa carcasse sans jamais parvenir à l'anéantir. Les traitements enfin achevés, il revient pour subir la dernière phase, la consolidation. Un mois à encaisser un traitement de cheval.

À son tour, je le soumets aux lames de ma tondeuse à cheveux. C'est le lot ici. Son arrivée dans la chambre est une bouffée d'ivresse. Ses bons mots, ses coups de gueule et ses rébellions flottent dans l'air, spécialement lorsque Mariella, l'une des infirmières, hésite, tremblotante, à passer la porte de la chambre. Son manque d'assurance panique tous les patients, mais cette fois c'est la grande gueule de Patrice qui achève de terroriser la soignante. Lorsqu'elle paraît, malhabile et plus sèche qu'un coup de trique, il nous semble que ce sont toutes les plaies d'Égypte qui s'abattent sur une seule et minuscule chambre. Tu gardes toujours la tête haute, mais je sens bien que tu aimerais te planquer sous tes draps. Quant à Patrice, s'il pouvait lui coller une volée, il n'hésiterait pas. Et la panique est plus grande encore lorsque la malheureuse sent se poser sur elle le regard d'un visiteur tandis qu'elle en est à donner ses soins. Je feins presque de ne l'avoir pas remarquée depuis qu'elle nous a fait une grosse crise de panique parce que nous parlions pendant qu'elle s'activait sur vos perfusions.

Tu as changé. À te frotter si durement au péril, tu apprends la fragilité des lendemains. Ta parole se délie, tes émotions et tes sentiments se dévoilent. Toi, si pudique, tu me dis l'amour, me donnes sans réserve toute la tendresse. Des Post-it ponctués de mots doux m'attendent sur la table, des messages sur mes répondeurs téléphoniques et des textos me souhaitent bonne nuit, me couvrent de baisers.

C'est décembre. Pour mon anniversaire, alors que tu dois mettre toutes tes forces dans le combat contre la maladie, tu m'organises avec Mariline un merveilleux dîner et m'offres cet iPod plein de musiques qui ne me quittera plus. Me restent de ce soir-là quelques photos, des secondes de vidéo, moi sur tes genoux à contempler le cadeau, et une immense chaleur dans le cœur qui fera pâlir tous mes anniversaires à venir. Tu caresses ma joue, sur ta main le parfum sucré de la clémentine...

28 mars. Lundi de Pâques. Au lendemain de cette dernière chimiothérapie, tu es trop fatigué pour te rendre chez le pâtissier, mais tu as fait mettre de côté un couple de lapins en chocolat. Je n'ai qu'à aller le chercher. Lapin, c'est notre mot doux à nous, et le chocolat, notre péché mignon.

Ce soir, ta respiration est douloureuse, tu préfères te coucher tandis qu'à côté, dans le salon, je regarde la télé. France 3 propose un documentaire de Didier Varrod sur Véronique Sanson. J'ai toujours aimé la sensibilité du journaliste et le talent de la chanteuse, je m'installe confortablement devant ce programme après avoir fermé la porte qui sépare la chambre du salon pour te laisser tout entier à ton repos. Je baisse encore un peu le son du téléviseur...

Émouvantes confessions d'une femme qui chante, d'une femme heurtée aux démons de l'alcool, de la dépression, de la violence conjugale. Mon émotion est vive. Toutefois, je suis presque paisible, étendu sur le canapé tout défoncé, si mou, accueillant et enveloppant comme un corps aimé. Je ne m'inquiète pas de tes fatigues. J'ai appris au fil des mois l'empreinte des effets secondaires des traitements, je connais par cœur les aplasies, les forces émoussées au lendemain du retour de l'hôpital, puis le lent retour de l'énergie. Je sais tout ça. Ne m'as-tu pas dit tout à l'heure que tu crachais un peu moins, que ta respiration était tout de même un peu moins gênée? Une bonne nuit de sommeil et tu te sentiras mieux demain matin. Et puis, on entrevoit maintenant la fin du traitement. L'autogreffe de consolidation se profile, suivra enfin la convalescence définitive. Tu vas bientôt te reconquérir, te réapproprier ton corps fuyant.

Depuis des mois, nous pensons souvent à ces lendemains, nous les évoquons un sourire aux lèvres, nos mains scellées. Pour nous donner encore un peu de courage, nous nous étreignons, nos lèvres se cherchent souvent, se trouvent toujours. Je promène mes mains sur toi, t'arrose de mes sourires afin que tu n'oublies jamais combien chaque parcelle de toi est infiniment vivante. Le frisson sous l'onde de la caresse, c'est déjà la vie.

Tu aimes mes larges sourires, mes lèvres dessinées, tu aimes que mes dents soient blanches et aussi rigoureusement rangées que les touches d'un clavier de piano. Nous dissolvons ce présent pénible dans l'évocation d'un passé resplendissant, dans l'imagination d'un futur soulagé et de ton corps réparé et consolé. Nous sommes tentés par le copier-coller de notre passé sur notre avenir, aussi mécanique et automatique que le permet le traitement de texte de l'ordinateur. La même joie, le désir ardent, la simplicité de l'échange, le plaisir de compter à deux... Tout pareil en mille fois mieux parce que nous aurons touché à la fragilité de l'existence. Nous serons plus forts de chacun de ces instants reconquis, de chaque bonheur rattrapé. La peur de nous perdre nous aura offert de nous trouver encore plus parfaitement. Les mots, jusqu'alors verrouillés, ont définitivement brisé leurs chaînes : on se dit je t'aime sans baisser les yeux, on ouvre et ferme nos phrases par ces mots doux sans craindre l'impudeur.

Soudain je m'échappe du film de la vie de Véronique Sanson et de la pensée de toi. Retentit un bruit étrange, je ne l'identifie pas. Encore quelques secondes avant que je sois certain d'avoir bien entendu, que je bondisse hors du canapé, pousse la porte de la chambre...

Tu es là, en travers du lit, gisant comme le gladiateur succombe au dernier pugilat. Tes râles rebondissent dans la nuit, ta respiration se hache, se fragmente. Un poids immense doit te compresser la poitrine. Tu te figes, mal emmailloté dans ton peignoir rouge, le visage tétanisé, ton regard fixe, perdu ailleurs, au-delà de moi, en arrière du monde.

Je crie, t'appelle par ton prénom, par nos mots doux, mais ta bouche entrouverte s'est crispée, contractée. Je perds mon sang-froid, mes mains te cherchent pour te ramener au-devant du monde, caressent ton visage, s'emparent de tes mains, bousculent ton silence, ton immobilité.

Et je parle, je parle plus fort, je crie. Je dois te relever, je suis la fourmi qui doit faire se relever le colosse de pierre. T'en es-tu allé si loin que ma voix ne peut porter jusqu'à toi, que mes bras ne peuvent te tirer jusqu'au rivage? Es-tu paralysé? Es-tu victime d'une attaque? Es-tu dans le coma?

Je cours, traverse l'appartement, pris de folie, hors de moi. À quel numéro joindre les secours? 15, 16, 17, 18... Je ne sais plus. Les chiffres s'additionnent et s'emmêlent dans ma tête. J'appelle Marie-Sophie. La voix tremblante, je la supplie d'appeler les pompiers. À mon tour, après avoir tenté plusieurs numéros, je les joins. J'ai oublié jusqu'à l'adresse de l'appartement et puis cet inter-phone qui ne fonctionne plus...

Combien de fois traversé-je l'appartement en rez-de-chaussée, la cour, le hall...? J'attrape les jour-naux télé qui traînent sur le guéridon à côté du canapé afin de bloquer les portes du hall que j'ai ouvertes grandes.

Et je vais, je viens, hystérique, guettant l'arrivée des pompiers. Je cours encore, de l'avenue à la chambre, rivé à ton visage et tout à la fois suspendu à l'imperturbable silence de la rue.

Je passe une énième fois le seuil de la chambre. Tu es enfin revenu sur le devant de la vie. Tu me parles, me demandes ce qui se passe, ce que je fais, où je vais. Tu ne sais rien de ton malaise. Tu reprends ton souffle, je reprends le mien. Je te dis ma peur, que je t'ai cru mort, paralysé. Tu es vivant, sain et sauf. Jamais je ne t'aimerai plus qu'à cet instant du retour. Ton regard s'accroche à moi, ta bouche me parle, ta main se pose sur moi. La séparation n'aura duré que quelques minutes, mais les retrouvailles me sont aussi délicieuses qu'au retour d'un voyage au très long cours.

La rue a soudain perdu de son calme, la sirène envahit l'avenue. Je cours accueillir les sauveurs, insultant au passage l'épicier à l'affût de quelque information à se mettre sous la dent. Tu le détestes depuis qu'il nous encombre la porte de l'immeuble de ses cageots de patates. J'ouvre la voie aux pompiers, les conduis à la chambre. Tu vas mieux, tu réponds à leurs questions, te plies à leurs examens. Je suis tellement rassuré de te voir assis au bord du lit, les pieds dans la vie... et le regard vif puisque tu me chuchotes à l'oreille combien le chef des pompiers a de jolies fesses. Ce que j'avais bien sûr remarqué.

Guidés par nos secouristes, nous découvrons la salle d'attente des urgences de Lariboisière. Ont échoué des mauvaises chutes, des mauvaises cuites, des mauvais délires, rien que des mauvaises raisons d'être là, sur des fauteuils de plastique durs comme l'injustice. Un vaste champ de corps déréglés, d'âmes troubles. La fatigue est palpable sur les visages que fouette et creuse la lumière blafarde des néons. Des femmes en blanc et de bonne volonté s'agitent, poussant d'un coup de pied sec des portes battantes qui s'ouvrent et se ferment sur un mystérieux couloir interdit au public.

Obsédé par les miasmes qui flottent à coup sûr dans cet air saturé, je demande que l'on te trouve un masque. Soutenu par les pompiers, j'obtiens bientôt que tu passes devant les autres patients. On t'emporte par le couloir interdit et je patiente dans la grande salle.

Je ne peux lâcher du regard la double porte battante qui nous sépare. J'attends que l'on m'appelle et m'autorise à te rejoindre. Les minutes sont des heures... Heureusement, j'ai mon iPod. Avec la musique, j'essaie d'engourdir la peur, de chasser l'attente.

Enfin, on me fait signe, j'empoigne mon sac à dos vert et me précipite. De gauche et de droite, le couloir maintenant autorisé distribue des box. Tu es étendu presque nu au milieu de l'un d'eux. Te voir, te frôler me réchauffe immédiatement. Ton visage rougi me laisse croire que tu as trop chaud, en réalité tu grelottes. Tu me sembles enfiévré, comme en équilibre sur une corde raide tendue au-dessus du vide. Je lis ton trouble, je ressens que, sous ta peau pourpre, des forces contraires se livrent combat. Je suis tout près de toi, ne vois que toi, il n'y a que toi. À cet instant, tu es le monde entier, son ciel immense et la terre infinie. Je te glisse à l'oreille des paroles qui se voudraient rassurantes. Juste un petit virus qui aura profité de l'aplasie pour te squatter les poumons... Timidement, ma main frôle la tienne, caresse ton visage. Je déborde d'amour. Ton regard ne lâche plus le mien et je m'agrippe au souffle fragile de tes lèvres. Tu me donnes trois phrases minuscules, un filet de mots :
« Je crois cette fois que c'est fini.

« Ce qui est bien, c'est que je t'ai aimé.

« Je ne veux pas mourir. »

Sur ces cinq derniers mots, le bleu de tes yeux brille plus fort, se liquéfie et fond le long de tes tempes brûlantes. Je ne te crois pas, comment le pourrais-je? Je balaie ta peur d'une flopée de mots prétendument apaisants, sans doute creux. Ton corps vient-il de te parler? T'a-t-il prévenu qu'il dépensait là ses forces dernières? Prévient-il lorsqu'il touche le fond de sa réserve? Nous ne nous parlerons plus... Tes trois phrases, les dernières, ne me quitteront plus, elles rebondissent partout en moi. Je ne serais pas étonné qu'à l'heure moi aussi de partir je les murmure encore.

Tu vas t'absenter de toi. Tu me pries d'appeler le médecin. La femme vient, je dois partir, reprendre dans l'autre sens le couloir interdit. On m'appellera...

Je vais attendre. Longtemps. Soudain, ton corps sur une civière glisse au loin comme un bolide fou, guidé par deux hommes en blanc. Je n'interromps pas la traversée du couloir, tu rapetisses tandis que les larges portes battent sur ton passage. Le coude que forme le couloir m'interdit de t'apercevoir plus longtemps. Tu as disparu. Je m'engouffre dans un des box où se tient le conciliabule des médecins.

Mes mots se bousculent, je cherche le sac à dos vert, tes affaires, je veux savoir où l'on t'emmène. Notre balluchon est réuni dans un coin. De toi, je n'ai que cet amas de deux ou trois choses. On m'assure que tu as retrouvé tes esprits, on t'a conduit dans le service de réanimation après que tu as demandé que je rentre à la maison. Sur un papier minuscule, dix chiffres à composer plus tard dans la nuit, le code grâce auquel je saurai comment tu vas. Vers 4 heures du matin, me dit-on.

Je retraverse le hall des urgences où gisent toujours les mal-en-point. À mon tour en errance, accidenté, béant. Je m'arrache de la lumière aveuglante pour m'engouffrer dans la nuit charbon. Mes cris de rage rebondissent en boomerang contre les murs d'enceinte de l'usine-des-vies-fragiles, mes larmes roulent sur le boulevard Magenta. Castagné, roué de coups, le souffle coupé, je rejoins la maison et me couche après avoir programmé la position réveil de mon portable sur 4 heures. Je m'endors et me réveille comme prévu à 4 heures. Le minuscule bout de papier m'attend sur la table de nuit. Les yeux brûlants de sommeil et l'angoisse qui me pique tout le corps, je compose les dix chiffres. On me promet que tout va bien, que je devrai rappeler dans quelques heures pour en savoir davantage. Extinction des feux et nouveau sommeil. Je m'étonnerai toujours de n'avoir jamais, même aux pires nuits de ma vie, perdu le sommeil.

Vers 10 heures, je rappelle. On me demande maintenant qui je suis. « Le conjoint ! » On se refile le combiné comme une patate chaude. J'entends qu'on le pose, qu'on murmure. Ces petites secondes s'étirent sans fin. Une femme, le médecin de garde, prend l'appareil. J'entends confusément : « C'est grave, il est dans une chambre stérile. Nous l'avons plongé dans un coma artificiel, il faut attendre, nous ne savons pas... C'est très grave ! » J'ai l'autorisation de venir te voir à partir de 14 heures. Ces mots lâchés voltigent dans ma tête, ils me cognent. Je ne me lave pas, peut-être pour te garder sur moi, je m'habille d'un de tes pulls, de ton blouson de cuir, de ton écharpe. Tout trop grand. Je flotte.

Mariline vient me chercher, nous irons ensemble à Lariboisière, mes jambes me portent à peine et l'air me semble moutonner comme du coton. Après un labyrinthe de couloirs et de cours, nous accédons à la réanimation. Une porte interdit l'entrée du service. Il faut sonner. Dans des petits vestiaires, nous disposons nos sacs et vêtements pour nous affubler de blouses, de chaussons, de masques et de charlottes et remontons un couloir en L. Sur notre droite, derrière les vitres des chambres aquariums, une ribambelle d'agonies, des existences suspen-dues.

Tu es là, absent de toi, le corps verrouillé à double tour, cerné de machines. Sous le drap blanc qui te couvre, se tisse un canevas de fils enchaînés à des tableaux de bord dignes d'une navette spatiale. Ne sommes-nous que cette mécanique, ce jeu habile de pistons et de fluides?...

Je te parle. M'entends-tu? Je te supplie de te battre, mon héros. En as-tu seulement la force? Je te caresse, me réchauffe à la douceur de ton corps tiède. Je dois absolument t'encombrer de ma vie. La sens-tu qui palpite dans la paume de ma main? Sens-tu mon bras tendu qui te tire vers le monde des vivants? Ma bouche dessine l'amour sur tes joues, sur ton torse que le respirateur fait tour à tour se gonfler et se creuser, sur tes mains immobiles, sagement posées sur le drap lisse et blanc. Mariline accueille mes larmes, m'enserre et m'enlace quand le froid de la mort, qui tout autour rôde et tourni-cote, veut me glacer le sang. Nous sommes le mardi 29 mars, je quitte l'aquarium de ta vie prise en cage sur un « je t'aime ».

Pour toi, ces heures-là, ces jours à venir n'existent pas, ils sont une parenthèse, un temps invisible et mystérieux pendant lequel on t'a sus-pendu la vie. On a mis ton esprit, ta conscience, ton corps sur la position *off* comme on le ferait d'un appareil en surchauffe. L'idée m'obsède. Je me dessine en songe ce lieu transparent, imaginaire, où on te tient en veille. Mon esprit ne peut envisager le nulle part, le vide. Alors, je te cherche un monde, te trace des chemins, érige des maisons percées de portes et de fenêtres d'où tu me verras forcément. Ici-bas, ton corps séquestré ne répond à aucun de mes frôlements, aucune de mes supplications. On a fermé tes yeux, ce qui efface sans doute la tentation de me perdre dans le miroir de ton âme. Au moins, tu dors. Ce sont tes yeux clos, les mêmes que ceux des matins bleus, quand je m'éveillais près de toi.

Chaque après-midi, je suis près de toi, une heure, un peu plus, un peu moins, c'est selon. Personne ne sait si tu m'entends, alors je te parle. Personne ne sait si tu ressens, alors je te touche. Ta chaleur est celle du corps alangui au petit matin. J'attends l'instant de ton réveil même si, au fil des heures et des jours, les médecins veulent me décourager de cette attente. Chaque soir, quand le vide de ton absence me porte à mordre l'oreiller, j'appelle les infirmiers de garde. Ce sont toujours les mêmes mots, le *statu quo*, le corps bloqué sous les fers du virus qui prend tes poumons en tenaille. On me dit d'attendre encore, mais que les chances s'amenuisent.

À la tête de ton lit, j'ai accroché deux photos de nos vacances en Grèce. Troublante superposition que ton visage tout sourire et bronzé, posé sur le papier, juste au-dessus de ton visage éteint. Je scrute les relevés de température et le comptage des globules blancs. Plusieurs jours à zéro. Zéro immunité, et la porte ouverte au virus. Sur le tableau lumineux, la dernière radio des poumons dont on m'indique les opacités. Le mal va galopant. Des champignons s'installent et gagnent du terrain. Tes reins ne fonctionnent plus et c'est la dialyse qui prend le relais.

Je me surprends à suivre du regard le chemin de ton sang, de tes liquides qui s'écoulent dans les tuyaux de cette infernale machinerie. La pensée du corps aimé qui m'a tant de fois protégé, donné et fait l'amour ne me quitte pas. Je ne peux ni ne veux croire qu'il se dérobe et dérive vers d'autres rivages que le mien. Avant de quitter les blouses, chaussons, gants et bonnets, je salue les infirmières. « Vous êtes mes anges, veillez sur lui, sauvez-le, rendez-le-moi. » Les mots semblent naïfs, ils ne le sont pas. Je leur confie ce que j'ai de plus précieux, de plus précieux que ma vie. Elles le savent. Je le lis dans leur sourire à peine esquissé, dans leurs yeux baissés quand l'émotion me casse la voix. Je m'assure une nouvelle fois qu'elles ont mon numéro de portable, qu'elles me joindront à n'importe quel moment.

Les autres heures que celles passées là auprès de toi ne comptent pas, ni n'existent vraiment. Elles tracent, creusent et longent l'attente. Enchaînés sans interruption, les jours et les nuits. Tenace la fatigue, confus le sommeil, oubliés les repas... Le visage voilé sous la barbe, le regard sous les lunettes sombres, je marche à côté de moi pour mieux observer ce qui se trame à l'intérieur.

Cinq jours que je te guette, le vide en contrebas. Ce samedi soir, je vais dîner chez Sophie et Édouard. Sophie la magnifique qui, depuis des mois, me fait passer pour toi des petits cadeaux, qui au début de la semaine a débarqué à la maison, ses paniers pleins de jus de fruits, de chocolats et de gâteaux, comme pour adoucir l'amer de l'instant. Improbable soirée. La nouvelle de la mort du pape se répand, et Édouard court à Saint-Germain-des-Prés photographier des parterres de cathos endeuillés. À la télé, le spectacle de la mort papale en mondovision, des duplex aux quatre coins d'un monde catholique dévasté par la nouvelle. Sur l'autre chaîne, le Sidaction et le visage lumineux de Line Renaud appelant aux dons. J'aime cette dame. Je pianote un sms et l'adresse à Hervé, son secrétaire et ami. D'une loge, ils m'appellent aussitôt. La voix chaude de Line m'assure de ses prières. Mille mercis, ma petite Line.

Il me faudrait que le monde entier s'unisse pour penser à toi. Moi, le mécréant, je veux croire au souffle des prières ou peut-être davantage à la communion des pensées. Comme cet après-midi de la semaine où j'ai poussé la porte d'une église. Je n'ai pas réfléchi, je suis entré naturellement, la désespérance embourbée à mes semelles. Dans la chapelle où j'ai esquissé mes prières païennes se tenait un tout jeune homme. La tête enfouie dans le creux de ses bras, il manifestait une ferveur que je lui ai enviée. J'ai fait, comme lui, un coussin de mes avant-bras sur le prie-Dieu pour y poser ma tête si lourde. La voûte de pierre s'arrondissait au-dessus de moi, le Christ et la Vierge pour spectateurs. J'ai sommeillé ainsi, lové dans la pensée de toi. Je ne me suis pas senti dans la main de Dieu, il n'existe pas, mais plus que jamais dans la communauté des hommes, immense, insondable et incompréhensible. De guerre lasse, j'ai voulu faire confiance, j'ai posé mon paquet de douleur sur le premier autel venu dans l'espoir aveugle qu'il serait allégé.

Dimanche 3 avril. La mort du pape s'affiche en devanture des kiosquiers, se répand dans la gorge des postes de radio, se mâchouille, se remâchouille et se digère dans les bouches et ventres des téléviseurs.

Les mots *mort, funérailles, deuil, prières, obsèques* flottent, obsédants. L'homme le plus célèbre et adulé du monde vient de mourir, et le mien, le plus important, le plus beau, le plus aimé de mon cœur, en est toujours à se débattre. Comme chaque jour, je passe un moment près de toi. Les médecins ont augmenté les sédatifs depuis que, la veille, tu t'es montré plus agité. J'ai imaginé que tu te rebellais. Tu semblais avoir redoublé d'ardeur et de colère face à ce corps sourd à tes ordres.

Aujourd'hui, tu as la quiétude d'une mer d'huile mais je dois accuser le choc de ton corps déformé par l'œdème. On me rassure une fois de plus, c'est momentané, je ne dois pas me laisser impressionner... Néanmoins, tes lèvres ont doublé, tes bras, tes cuisses sont gonflés, la peau tendue. Je soulève le drap et ton corps en souffrance me déchire le cœur. Du sang séché comme une cicatrice sur ta peau par endroits violacée, ton corps lacéré par les prélèvements, les ponctions, les branchements. Ton corps m'est aussi intime que le mien, sa dégradation m'est insupportable. J'en suis à ressentir la douleur aiguë, à me sentir étouffer dans mon propre corset de chair.

Pourtant, les globules blancs commencent de se renouveler, je nous vois enfin nous éloigner de l'aplasie. Je cultive l'espérance à petits coups de rien

du tout, je dompte l'attente. Je demande aux médecins quand ils te sortiront du sommeil. Nous n'en
sommes pas là, ton état est grave, très grave... Ils se
répètent. Je ne suis pas certain de vraiment les
entendre.

Ce dimanche soir ressemble à tous les soirs : la
télé pour dissoudre l'angoisse, le repas boudé, mes
amis d'amour au téléphone qui me portent à bout
de bras : Mine plusieurs fois par jour, Étienne... Je
parle longuement à Marie-Sophie. On cherche à
me joindre, j'entends le signal d'un message laissé
sur ma boîte vocale. Je poursuis ma conversation
encore quelques minutes avant d'écouter le message.

« Lariboisière : Venez vite ! »

Je rappelle aussitôt. Ton état s'est dégradé. Venez
vite, la fin est proche. Un tourbillon de douleur, les
tremblements qui me déchirent, le cœur qui frappe
dans ma poitrine prête à se fendre. Je commande
un taxi, appelle Sophie, Marie-Sophie. Je passe
prendre la première, la seconde nous rejoindra à
Lariboisière. Il faut faire vite. Je bouscule le chauffeur, ton dernier souffle m'attend, je dois le prendre
du bout de mes lèvres. Tu es sur le départ, je dois
t'apaiser, t'accompagner, être sur le quai tout près
de toi avant que tu ne t'éloignes de ma rive et ne

prennes le large pour des profondeurs insondables. Je tiens Sophie, m'agrippe à elle, la pince, la serre, je respire fort, trop fort.

Je suis comme un lion en cage, piqué au vif. Je me sens violent. Très silencieux, le chauffeur a compris la gravité de l'instant, il prend un sens interdit en marche arrière à toute trombe pour me conduire au plus vite auprès de toi. Je ne pleure pas, j'enrage. Ma douleur est enfermée dans une gangue de plomb. Pour l'heure, je n'ai que mes poings, ma colère, ma hargne. J'ai tout le temps, toute la vie pour souffrir...

La berline sombre nous lâche enfin à l'hôpital. Il est tout près de 22 h 30. Plus un soupçon d'agitation, il n'y a plus que l'écho de notre course folle qui claque contre les murs glacials de l'immense couloir de pierre. Encore un tronçon d'escalier avant d'accéder à la réanimation tandis que Sophie, trop essoufflée pour poursuivre, crie qu'elle me rejoint. Je ne sens pas la fatigue, je ne manque pas de souffle, j'ai trop de peur et de rage pour avoir encore conscience de mon corps.

J'appuie sur la sonnette, je veux courir à ta chambre, on me prie de patienter. Que pourrait encore signifier le mot patience à cet instant ? Je piétine. La silhouette du médecin, bras croisés dans le dos, se découpe dans le couloir, c'est bien moi que vise son œil. Je n'entends pas ses mots, j'ai seulement compris la fin, la fin de l'histoire. Bien loin des contes, du *ils se marièrent et eurent beaucoup d'enfants*. Rien qu'une toute fin sans lendemain ni promesse. La fin abyssale, le bout de la route sans retour ni demi-tour. Rien que le gouffre béant prêt à m'avaler, à ne faire de moi qu'une bouchée. Je suis mort.

Je m'accroche à Sophie, mon corps me semble trop grand, trop large, embarrassant. Je me replie, me pelotonne, me recroqueville lentement, silencieux jusqu'au-dedans de moi, en ce creux de moi où te retrouver encore.

Je patiente à nouveau. Enfin je peux te rejoindre. Seul.

Au milieu de ce cube carrelé de blanc, toi étendu, à jamais éteint, les machines débranchées, leurs chariots éloignés. Plus de respirateur ni de respiration. Plus la moindre oscillation sur les écrans de veille : tes lignes de vie qui, hier encore, de toutes les couleurs, se dandinaient et se fracturaient sur l'écran noir, ont disparu. Sur toi, un drap blanc aux plis bien marqués. Seule ta figure défigurée s'échappe encore du linceul. Mon amour, que le passage de l'autre côté a dû être pénible ! Comme tu as dû te battre pour sembler si fatigué! Je me demande confusément à quoi donc ressemble ce chemin qui mène de l'autre côté... Est-il escarpé, creusé de mille marches comme celui gravé dans la caldeira de Santorin, ou doux et lisse comme le tapis de roses des jeunes mariés? Mais qu'en est-il de cette lumière blanche qui aveugle au bout du tunnel...?

Je ne crie pas, je m'étouffe. Je halète. Je te couvre de mon corps, me glisse sous le drap pour me blottir, me fondre en toi. Que tu ne sois pas seul en cet instant. Je dois cette fois encore t'encombrer de ma vie, que frémisse contre ton corps encore tiède mon sang bouillonnant. Mais qui donc, de toi ou de moi, vient de perdre la vie? Je sens nos corps liés comme lors des jeux de l'amour quand, sous la caresse, mon corps ne se démêlait plus du tien, que je ne distinguais plus ta peau de la mienne.

Je ne vois pas de corps mort, de dépouille exsangue, il n'y a que mon homme à étreindre, à aimer, à rassurer une dernière fois, qu'il sente combien je borde sa solitude d'homme parti.

Je pose longuement mes lèvres sur les tiennes. Tes lèvres sont douces. Entre elles, par là où ta vie fout le camp, je couche mon souffle, passe la langue humide du sel de mes larmes.

On ne se quitte jamais, je te murmure mon amour, le dessine de mes mains sur le parchemin de ton corps.

La douleur me jette à terre, à tes pieds, accroché à toi, mes mains avides refermées sur toi. Je n'en suis pas à faire le détail de mon âme, j'ai le corps qui parle bien plus fort. Il se tétanise, mon cœur se comprime si fort que je crains qu'il ne se rompe. Marie-Sophie entre dans la chambre et me serre contre terre pour apaiser mes soubresauts. À cet instant, je crains de mourir, ou le suis-je déjà? Je l'espère.

Il me semble que le carrelage glacé m'avale, je suis écrasé par ses dalles froides. Je me sens aspiré, dissous, en poussière. Je vais fondre, m'effacer, me gommer du tableau des vivants, ne plus exister. Contre ma carcasse en faillite bat la poitrine chaude et lourde de Marie-Sophie. Ses mains me rattrapent pour me sauver d'un vide imaginaire qui m'attire pour de vrai. Elle s'écarte un instant pour s'approcher du mur. Sophie n'est pas loin. Il faut maintenant prendre l'air. Je dois reprendre mon souffle avant de replonger dans cet océan de non-sens.

Dans la cour, je m'assois pour téléphoner, à Mariline, à mes parents. Je dois me reconnecter au réel, mettre des mots, moi dont c'est le métier, dire et répéter que tu es parti. Ce sont pourtant des mots creux, je ne crois pas à ce qu'ils signifient.

Je remonte te voir une dernière fois. Le sol continue de se déchirer sous mes pas. Je marche difficilement, vacille, engourdi et encombré. Je renouvelle mes rituels, te frôle, t'étreins et t'embrasse pour m'abreuver une dernière fois à la source de tes jours.

Flanqué de mes deux Sophie, de mes deux sagesses, nous quittons l'usine-des-vies-éteintes. Dans un grand sac blanc, blanc de la mort et estampillé Fondation des hôpitaux de Paris, tes quelques affaires réunies et les deux photos de nous qui te gardaient, à la tête du lit.

J'ai besoin d'avaler l'air à pleine bouche. Les bruits de la ville me soûlent et le tumulte de la vie si intacte me creuse la plaie. La permanence du monde est un supplice quand, en soi, tout a été détruit, avalé, mis en pièces. Elle est pourtant l'assurance d'une consolation, même illusoire, que la vie reprendra un jour ou l'autre. Mais il est bien trop tôt pour entendre pareille aberration... Dans la nuit noire, nous nous échouons à la terrasse d'un troquet, au pied de la gare du Nord. Passent et repassent des gens en partance, d'autres de retour. Rien de tout cela n'a de sens. Il faut déjà parler du lendemain, penser les adieux, la cérémonie. Le réel nous rattrape. Un taxi nous emporte, dépose Sophie chez elle. Je dormirai chez Marie-Sophie cette nuit. Je te chercherai plus qu'à l'habitude. Cette fois, tu es parti, vraiment et absolument parti.

Étonnamment, le jour succède à la nuit. Il se lève encore, impeccable, sans retard ni faute. Je cherche mon chemin dans une brume épaisse, anesthésié par une douleur sourde sur laquelle je ne pose pas de mots tant je la découvre, seconde après seconde, lentement. Inédite et insolente, elle s'immisce et me mordille. Elle est venin. Je ne la comprends pas, je ne réalise pas. Je suis incapable de la mesurer, ni de l'apprivoiser. Ton absence est confuse, forcément abstraite. Mayenka et Mariline m'accompagnent dans le périple de l'après : la déclaration du décès, l'organisation des obsèques. On me tend plusieurs exemplaires d'un acte sur lequel, en quelques lignes, ton passage en ce monde est consigné. Ta date de naissance et, juste à côté, celle d'hier. Un coup en chiffres et un autre en lettres, des fois qu'on n'aurait pas bien compris.

M'avais-tu parlé d'incinération ? Il me semble... Ta sœur l'affirme. La formule me convient. Je ne t'aurais pas voulu souillé par la terre grouillante qui, lentement, au fil des ans et des pluies, t'aurait mangé et digéré. Tu vivais si libre que je n'aurais pas supporté qu'une chape de marbre froid t'écrase sous terre, te coupe du souffle de l'air, du voile de ciel ou de lumière. Quand tout nous est retiré, nous nous accrochons aux symboles. Je te préfère poussière, tout près de moi, volatile dans l'air, ou immergé dans l'océan. J'opte pour deux urnes, l'une, principale, sera placée dans le caveau familial offrant à ta mère le lieu d'un recueillement, l'autre, plus petite, dont je rendrai le contenu aux eaux tièdes de Paros.

Je sais que chaque détail est important. Aucune scène de ces jours à venir ne pourra être rejouée. Je touche au définitif absolu, à cet irrémédiable qui flirte avec la perpétuité. Chacun de ces instants se cristallisera pour fonder une histoire que je ne cesserai plus de me raconter.

Je dois choisir tes vêtements d'éternité. Je pourrais opter pour un costume, mais je ne t'ai jamais connu sapé comme un prince, je crains de ne pas te reconnaître. J'opte pour un jean, un de ces jeans bleus que je t'avais conseillé de rapporter de ton dernier voyage en Amérique. Je choisis la chemise blanche Hilfiger, souvenir de mon séjour à Montréal il y a quelques mois, et enfin le pull bleu ciel en jacquard que je t'avais acheté cet hiver. Par superstition, tu ne voulais pas le porter, tu avais décidé d'attendre la guérison. Tu as cédé une fois, le soir de mon anniversaire. J'ai pensé au slip, aux chaussettes et aux chaussures, jetant mon dévolu sur tes souliers vernis que tu assortissais à ton smoking, tu les adorais. Mayenka me fait remarquer que j'ai oublié de prendre un bonnet, tu ne sortais pas sans depuis les chimios. Heureusement, j'en ai un sur la tête, je l'ôte et le tends à l'homme chargé de t'habiller.

J'ai déjà vécu cette scène. Je n'avais pas dix-sept ans quand ma Mamie s'en est allée. J'ai encore le souffle court rien qu'à l'évocation de ma course dans l'escalier de sa petite maison pour décrocher dans son armoire sa robe de voile bleu et blanc et son gilet du crochet le plus fin. J'ai en mémoire les rayonnages si délicatement ordonnés, égayés de sachets de lavande et de photos de danseuses de flamenco dont jaillissaient, en vrai tissu, leurs robes moutonnantes et bigarrées. Son parfum poudré et fleuri ainsi que l'odeur de la maison, fermée depuis plusieurs semaines, flottent sur ce souvenir de ma première confrontation avec la mort, l'absence... la douleur. J'étais si jeune pour connaître la toilette du défunt, le choix du cercueil, les arts du mourir, comme on disait en d'autres temps.

L'homme nous prie de revenir dans une heure, lorsqu'il aura fini de t'habiller, de te préparer. Alors, je pourrai te voir. La conscience est folle, elle s'imagine un rendez-vous. Après ces premières heures, cette première nuit depuis que tu t'en es allé, il me semble que je viens ici te retrouver, que l'absence va s'effacer, la douleur soudainement guérir. Je pousse la porte de la pièce que m'indique l'homme ; tu es étendu là, en camisole entre les griffes de la mort, plus froid et lisse que le marbre, absolument absent. Je suis plein de larmes, le corps démembré, le cœur broyé dans la poitrine, une fois de plus prêt à se briser.

Je ne parviens pas à me rassembler, mes yeux ont beau voir la mort de face, ma raison ne l'entend pas, ma conscience se dérobe à cet appel du réel. Je tourne autour de toi. De la paume de mes mains, je plaque ma vie contre ta mort et te caresse. Mes lèvres te reconnaissent, elles glissent sur toi. Le corps mort est si silencieux et absolument immobile que l'on sent le sien plus vivant qu'en nulle autre situation. Contre le froid de toi, je perçois précisément la circulation chaude et palpitante de mon sang dans mes veines, j'entends de l'intérieur le vaet-vient bruyant de mon souffle. Contre ta vie désertée, tout de moi est infiniment sensible, fragile, au bord de se rompre, comme ces os de verre qui supportent à peine d'être frôlés.

Je plie deux photos de nous cet été en Grèce et les glisse dans l'une des poches de ton jean. Dans l'autre, sur ta cuisse figée, un petit carnet dont j'ai griffonné chaque page. Des mots d'amour comme autant de sésames et de formules magiques pour le grand voyage. J'ai beau ne croire en rien, j'ai besoin de tout cela.

La mise en bière est fixée à jeudi, dans trois jours, l'incinération ne pourra se faire que vendredi au Père-Lachaise et enfin samedi, en Bretagne, se tiendra la cérémonie religieuse. Ces adieux qui s'étirent sur trois jours m'effraient. Je crains que la douleur ne se décuple, ne se démultiplie. En même temps, je suis rassuré, il me semble que l'on ne se quitte pas encore.

Jeudi. Dans une alcôve de la morgue de l'hôpital, tu reposes. Nouveau rendez-vous et cette même déception de te trouver sans vie. Tout de toi est pétrifié de la même façon que trois jours plus tôt. Je peine à comprendre. Tandis qu'arrivent peu à peu les amis, tes employés, tes clients, je m'enferme seul avec toi derrière le rideau en accordéon.

Je soustrais une rose rouge à l'énorme bouquet que j'ai apporté, la place entre tes doigts, t'embrasse et te caresse une dernière fois avant de tendre avec infiniment de soin le tissu sur ton visage. Lentement. Tellement lentement.

Je sais que chaque parcelle de toi peu à peu voilée disparaît définitivement de la surface du monde. Je suis seul à te voir t'effacer du miroir des vivants. Tu étais fier, tu aimais être beau. Personne ne te verra éteint et abîmé, je tire sur toi le couvercle de bois lisse, il glisse sur mes larmes.

Une part de moi gît désormais emmurée sous ce couvercle, je mesure combien je ne serai plus jamais exactement le même, plus jamais vraiment entier. Que l'on me pardonne si, à partir de cet instant, je me dérobe parfois aux regards pour fuir dans un lieu mystérieux et invisible où te retrouver. Si je semble m'effacer, m'absenter, il faudra comprendre qu'à cet instant, je cours vers toi.

Tous me rejoignent bientôt, l'aumônier déroule ses prières, je pose à plat mes mains sur le dessus du cercueil, à hauteur de ton visage, je le serre fort, je voudrais n'avoir jamais à le lâcher. Je prends la parole un instant, je dis l'amour, à mots voilés tout de même. Je m'effondre dans les bras de Violaine, mon premier amour, elle porte encore dans son cou les parfums de mes premiers désirs. Elle ne te connaissait pas, elle est venue, comme beaucoup d'autres de mes vieux amis. Serré contre elle, je vois défiler ma vie, de ma jeunesse si insouciante à ce chagrin qui aujourd'hui me met à terre.

À l'entrée de l'alcôve paraissent Serge et sa femme, Élisabeth. Voir au bout de ton cercueil clos la silhouette de ton compagnon de maladie, heureusement sauvé, est un choc immense. Je me jette à son cou et fonds en larmes. Pour que chacun reparte avec un peu de ton sourire et quelque chose de ta vie, je distribue la photo de toi prise à Paros, légendée des mots du *Prophète* de Khalil Gibran...

> *Vous ne chanterez vraiment*
> *Que le jour où vous boirez*
> *De la rivière du silence.*
> *C'est au sommet*
> *De la montagne*
> *Que vous commencerez*
> *L'ascension...*
> *Puis t'endormir*
> *Avec au cœur*
> *Une prière*
> *Pour le bien-aimé,*
> *La louange sur les lèvres.*

Vendredi 8 avril, au matin. Le monde s'apprête à suivre dans quelques heures les obsèques du pape,

Rainier est mort avant-hier et demain on mariera Camilla et Charles : actualité chargée. Moi, j'en finis avec le corps de mon homme. Je me lève à Paris, te donnerai homme aux flammes, te reprendrai poussière d'homme deux heures plus tard et te porterai au fond de mon sac jusqu'en Bretagne. Je n'imagine pas que pareil périple puisse être possible...

Je porte un costume noir, une chemise blanche et une cravate. Tu n'en reviendrais pas de me voir ainsi sapé, d'ailleurs, une fois de plus, tu ne reviens pas... Dans l'antre du crématorium, les amis, les collègues, mes parents et aussi ceux que je ne connais pas pénètrent un à un. Des bises claquent sur mes joues, m'enserrent de leur étreinte tendre ou bienveillante. Ceux que j'aime, presque tous, sont là. Ils forment une chaîne d'amour à laquelle je me raccroche pour trouver mon chemin dans le trouble qui me dévore l'âme. Je n'oublierai jamais chacun d'entre eux, ils m'ont accompagné sur la route la plus difficile et importante de mon existence.

Le maître de cérémonie vient m'indiquer le chemin de la salle de crémation. Au-dehors, dans le petit matin gris et pluvieux, au pied d'un escalier qui semble s'enfoncer sous terre...

J'entre le premier, m'approche de la vitre qui me sépare du tapis roulant sur lequel repose le cercueil.

Tous me rejoignent, je sens leur présence enfler dans mon dos. Le regard vissé à ces quatre planches de bois prêtes à fondre dans le brasier, je ne peux pas me retourner. Mon père et ma mère me tiennent chacun d'un côté, mes bras s'enroulent autour de leurs épaules, mes mains creusent leur chair.

Je prie l'homme des pompes funèbres de retrouver parmi les tombereaux de fleurs mon bouquet de roses rouges et de le poser sur le cercueil, et surtout qu'il ne le quitte pas pendant la crémation. Il s'exécute. Je vois enfin l'homme chargé des fleurs passer de l'autre côté de la vitre. Je me tiens droit face à cette cloison de verre qui m'emprisonne.

Un instant, je ferme les yeux pour reprendre mon souffle, juste un clignement. Quand je les rouvre, un store ferme la vitre. Je ne vois plus rien de toi. Le tapis roulant t'a avalé. La pensée que le ventre du four te consomme et te digère me rend ivre de douleur, fou. Je m'accroche plus fort encore à mes parents pour ne pas glisser face contre terre.

Il faudrait maintenant rejoindre le salon que j'ai loué afin que, tous réunis, nous tuions l'attente jusqu'à ce que l'on me rende tes cendres. L'endroit est aussi glauque qu'exigu. Il n'est pas question de s'entasser ici. J'enrage que l'on soit aussi mal traité dans un moment de pareille détresse. Avec ce qui me reste d'aplomb, je décide de quitter le Père-

Lachaise pour rejoindre le bistrot le plus proche. Nous nous y retrouvons autour d'un café, d'un chocolat, d'un verre de vin, de croissants. Nous rions, nous nous souvenons. Je passe de table en table, je touche mes amis, les étreins, nous échangeons tant d'amour. La vie est décidément si forte qu'elle peut soudainement chasser le sombre pour faire triompher la lumière. Je me réchauffe un instant. Contre toute attente, je suis toujours vivant. Deux heures s'écoulent, je dois retourner au crématorium récupérer les cendres.

L'homme pose son tribut sur une sorte de piédestal, ouvre la housse, me montre le certificat de crémation. Je suis écœuré par les effluves épais des fleurs qui tapissent le lieu. Je prie les amis de se partager les gerbes, je ne garderai qu'un bouquet de roses multicolores qui, depuis, sèche dans mon salon. Je sors du Père-Lachaise avec, entre les mains, les urnes lourdes dans leur étui de velours gris. Brisé et presque voleur de vie, je m'enfuis avec mon amour de cendres enfermé dans leurs boîtes, m'engouffre dans un taxi entre mon père et ma mère. Vivant et presque coupable de l'être. Coupable à cet instant de ne pas t'avoir sauvé. Je t'avais promis que tu ne mourrais pas. Je me répète qu'on m'a volé nos adieux. Ces messieurs des pompes funèbres, empressés, nous expédient, nous classent comme des affaires courantes quand nous avons besoin de tant de tact, de temps et de silence. La mort est bâclée.

Dans le taxi qui m'emporte, ce que nous venons de vivre m'obsède... Il m'apparaît que nous avons lâchement oublié de vivre avec la mort. Elle est cet objet encombrant que l'on enfouit au fond de soi. Nous la fuyons, la cachons, la nommons à demi-mot. Nous l'avons aussi dépouillée de ses rituels. En d'autres temps, la mort s'accompagnait de gestes qui venaient de très loin et du partage le plus intime, on osait la regarder en face, longuement et lentement, pour mieux la dompter.

Parce qu'on craignait qu'elle ne déguerpisse jamais de la maison, on éteignait le feu, s'abstenait de balayer et veillait à vider les seaux et récipients où elle aurait pu se tapir. On voilait les miroirs et on enlevait une tuile du toit afin qu'elle puisse s'échapper. Après s'être acquitté d'un jeu de portes ouvertes ou fermées, on sortait de la maison pour appeler la mort et la convaincre de quitter les lieux. On sonnait le glas et, selon un circuit rigoureux, on prévenait tout le voisinage du décès de son proche. On voilait les ruches et prévenait même les animaux de la ferme de la perte du maître. Alertés, parents et voisins accouraient avec le souci d'accompagner le défunt. Les adieux duraient des jours et des jours. Aujourd'hui, on les expédie, entre deux rendez-vous, au cœur d'une ville qui ne sait pas se taire. Alors que nous sommes abonnés au culte du confort et à la quête de la félicité à tout prix, la mort nous fait bien trop peur pour que nous ne la fuyions pas. Le brouhaha de la ville n'autorise plus que s'étendent, au pied de ses tours surpeuplées, les champs du repos, ainsi que l'on appelait autrefois les cimetières. Comment accepterions-nous que les morts prennent leurs aises là où les vivants s'entassent? Les morts se retrouvent confinés en lisière des villes, surtout loin de nos regards, loin des vies qui trépident.

La marche funèbre ne porte plus nos pas. Aucun convoi ne sillonne le village endormi. On ne baisse plus les yeux lorsque le défunt traverse une dernière fois le décor qui a longé ses jours. Qu'a-t-on fait de la veillée? On croit faire l'économie de la douleur. Pourtant, le dialogue avec l'absent est un instant privilégié, le dernier. Y renoncer, c'est priver la phrase de son point final. Autrefois, le disparu trônait dans le salon et, autour de lui, se relayaient les vivants. On le condamne aujourd'hui au froid sombre d'une chambre réfrigérée. Le tiroir se referme sur le crissement d'une mécanique mal huilée. Les moquettes, tapis et tentures du décor familier ont cédé la place au carrelage glacé, aux murs en ciment d'une morgue.

La caresse du crêpe sombre, la pression du brassard sur le bras ne nous font-elles pas défaut? Sitôt accompli le travail *post mortem*, quand les flammes se sont étouffées ou que la terre n'a guère eu le temps de cicatriser sur la dépouille, le monde semble avoir oublié votre douleur. Pour lui, déjà, la vie a repris.

Une amie très chère s'étonne que j'aie une petite voix, que je n'aie pas la pêche, et enfonce le clou en me demandant ce qui ne va pas. Eh bien, rien ne va! Le monde voudrait enterrer le deuil aussi sûrement qu'il a déjà porté en terre votre disparu. D'un revers d'âme, on chasse le sombre, ce morbide qui porte au cœur. On occulte, on détourne le regard, contourne la douleur. Certains s'écartent déjà de moi. Je sais bien que, moi, le si vivant, le si drôle d'avant, je pue aujourd'hui la mort à plein nez. J'ai croisé ce monstre dont ils veulent nier la toute-puissance et j'exhibe les traces qu'il a laissées sur moi.

J'aime qu'au Mexique la fête des morts engendre la liesse, que brûlent dans la nuit d'innombrables bougies. Les enfants fabriquent des calices avec des pastèques évidées, ils s'arrachent chez les confiseurs des crânes de sucre filé rose auxquels on a donné des prénoms d'hommes ou de femmes. La famille dresse l'autel de ses morts, tend une nappe brodée d'or et de fleurs multicolores et la recouvre de petits pains de maïs farci, de chocolat, de boissons... On sort les cartes et les guitares. Que la fête commence! Le lendemain, on ira pique-niquer et danser sur les tombes.

Nous, une fois l'an, nous couvrirons de grotesques chrysanthèmes les marbres de nos absents, sans un sourire, sans un partage, sans rien, juste par habitude ou obligation. Comme on se sépare, le jour des obsèques, après quelques minutes autour d'un verre d'un liquide à bulles. J'aimerais être né ailleurs ou en d'autres temps pour découvrir que la mort se chante et se danse autrement.

Et déjà le train pour la Bretagne m'attend... L'ultime au revoir, la messe et déposer au chaud de la terre ton corps de cendres encore tièdes...

Pleine nuit, à l'heure où les corps s'assoupissent, enlacés après l'amour, après le programme télé de deuxième partie de soirée, je m'éveille.

La carte sur laquelle, il y a trois ans, tu as griffonné ton numéro de téléphone est toujours dans la housse de mon porte-chéquier, tout près de moi. Je te l'avais montrée récemment. Les dix chiffres sont aussi gravés à jamais dans ma mémoire ; tu es parti, eux ne me quittent pas. Dans cette nuit noire, je compose le numéro et ton prénom mémorisé s'affiche sur mon téléphone. Je n'ai pas encore porté l'appareil à mon oreille que déjà s'inscrit : Échec appel interdit. Ce mot, interdit, quand je veux encore aimer, me porte au cœur. Je sais bien que tu ne décrocheras plus mais pourquoi me serait-il interdit de faire le geste ? J'attends d'entendre ta voix, je l'espère encore dans les filets du réseau téléphonique, mais le message de ta boîte vocale a disparu. La ligne n'existe plus. Dans quel couloir de SFR s'est-elle perdue, dissoute? J'aurais dû veiller à ce que l'on ne coupe jamais la ligne, que l'on ne raye pas ton nom de la liste des abonnés. Il aurait fallu que ta voix surgisse encore et encore quand je tape à toute vitesse les dix chiffres. Nous nous appelions si souvent, j'aimais tant que les trois lettres de ton prénom se mettent à danser sur mon écran de portable. Un à un, les fils qui nous liaient se détendent et se coupent.

Pris d'angoisse, le cœur enlacé au souvenir de mon amoureux, mais les bras si vides de lui, j'ai le corps ankylosé, l'âme en pointillés. Égaré dans cette nuit profonde et silencieuse, il m'apparaît que le jour ne se lèvera plus, que rien ne saura me tirer de mon lit. Ma tête lourde s'est incrustée dans les oreillers, je suis enserré dans un étau du métal le plus froid. J'agite nerveusement le drap mais c'est la grande voile que je hisse. Je veux fuir cette camisole, prendre la voie du renoncement. Mourir.

Je balaie ma chambre du regard et cherche avec peine les reliefs de ce lieu que je connais pourtant par cœur. Par le velux, le ciel de nuit vient se cogner contre la faïence azur de la salle de bains et je m'habitue bientôt à cette semi-obscurité. Je discerne de plus en plus précisément mon décor. Mon lit est un radeau perdu dans un océan de désordre. Flotte autour de moi un cimetière d'épaves : vêtements froissés, résidus de presse et de courrier, plateaux télé boudés, bouteilles vidées, pots de yaourt... Je pourrais mourir là, noyé, avalé par cette vague. Je m'échouerais, chancelant, dans un coin de mon appartement dévasté. Je m'assure que mes petites pilules tranquillisantes sont bien sur la table de nuit. Elles m'attendent en effet sagement, au garde-à-vous, bien en rang dans leurs plaquettes argentées. Une petite addition et, à vue de nez, j'estime disposer d'une quantité suffisante pour me faire gentiment passer de vie à trépas.

Après vingt-quatre heures d'un silence absolu, une équipe de pompiers vigoureux, aussi musclés que bienveillants, alertés par ma si dévouée concierge ou par mes amis inquiets, me porterait secours. Peut-être serais-je mort ? Ils me couvriraient alors d'une sorte de bâche en aluminium, comme on le fait dans *Urgences*. Ma carcasse serait transportée entre leurs bras, de mon cinquième étage au rez-de-chaussée. Ou peut-être ne serais-je pas totalement mort... D'un bouche-à-bouche professionnel convaincu, et très vite convaincant, ils me redonneraient vie. Je prendrais leur souffle en pleine poitrine et, telle la Belle au bois dormant, me réveillerais presque soulagé, vivant. Tout au moins sauvé. J'en saurais peut-être davantage du grand secret des morts, et, en dépit de toutes mes certitudes, je t'aurais peut-être aperçu lors de cet entre-deux...

La vision de ma chambre m'encourage à me raviser. Il n'est pas question que l'on me retrouve gisant parmi les vestiges éparpillés de ma vie écourtée. Je suis bien trop maniaque et ordonné pour tolérer que l'on m'extraie, pathétique, l'écume aux lèvres, débraillé, de ce capharnaüm. Je devrais mourir bien mis, drapé dans mes habits de fête, la barbe de trois jours savamment taillée – pas un jour de plus –, un sourire posé sur les lèvres et la fossette joliment creusée dans ma joue droite. Je me serais parfumé, d'*Habit rouge* ou de *L'Instant* de Guerlain, j'aurais fleuri les vases, rangé mes tiroirs, vidé le lave-vaisselle et passé l'aspirateur. Sur mon lit aux draps changés du jour, je me serais couché, entouré d'une ribambelle d'enveloppes cachetées à l'intention de mes amis, de ma famille. J'aurais distribué mon argent, mes objets, des mots d'amour. Non, on ne décide pas de mourir dans le désordre. Moi en tout cas, je ne céderai pas à cette médiocrité. Pas question de me vautrer dans cet inachevé sans avoir balayé le seuil de ma porte. Je n'ai ni le temps ni le courage d'une telle mise en scène. Je ne me tuerai donc pas cette nuit. Je me rendors, demain je ferai le ménage, écrirai quelques lettres, repenserai mon testament. La nuit prochaine, on verra bien si je meurs. Encore une nuit de gagnée ! Décidément, on ne meurt pas facilement de chagrin.

Encore quelques jours et je cesse bientôt de me raccrocher aux quarts de Lexo. La plaie doit maintenant respirer à l'air libre.

Je ne peux pas me résigner à ne pas guetter l'heure de ton retour. J'entendrai le cliquetis de ta clé dans la serrure, tu pousseras la porte et je sauterai à tes lèvres, je croiserai mes mains derrière ta nuque et nous nous fêterons.

Pourtant, la raison me répète que tu ne reviendras plus, je dois aujourd'hui vider ton appartement. Les mots de ta sœur ne font pas un pli, il faut laisser place nette, elle doit vendre au plus vite. Elle habite loin, ne peut pas s'en occuper. « Je vous fais toute confiance », le chapitre est clos.

Et d'ailleurs je ne veux pas qu'elle promène son regard, ou émette un jugement, sur ton intimité. Je dois aplanir, lisser le territoire où nous avons vécu, ensevelir les ruines d'un temps qui ne concerne personne que nous deux.

Il y a six mois, quand tu as commencé les traitements, j'ai mis en cartons tes affaires afin que puissent débuter des travaux de rénovation de l'appartement. Il te serait si doux à l'issue du tunnel de découvrir un décor neuf et confortable. Il fallait renverser la vapeur et faire de cette infortune la promesse d'une renaissance. Comme prévu, les travaux ont eu lieu. Il y a un mois, entre les murs rutilants, parés des peintures et carrelages que nous avions choisis ensemble sur un coin de lit d'hôpital, le nuancier de couleurs en éventail à la main, j'ai vidé les cartons. Nous avons rangé, trié, jeté les vêtements sans âge que tu gardais, pourtant certain de ne plus jamais t'en affubler. Je me suis moqué de tes pulls années 80 et de leurs pénibles jacquards, de tes insoutenables vestes pied-de-poule, de coq et autres gallinacés d'un âge révolu. Tu faisais mine de râler et puis finalement nous riions en engouffrant au fond d'un sac-poubelle les maudits oripeaux dont tu me jurais qu'ils étaient de belle facture et, en leur temps, du goût le plus sûr.

Un tout petit mois, rien qu'une poignée de jours, s'est écoulé dans ce décor dont nous étions si heureux, et je dois faire sans toi le chemin inverse, vider les placards, décrocher tes vêtements des penderies. Pour la dernière fois. Un voyage sans retour.

J'ai apporté de grands sacs de voyage, ceux que l'on emplit à la hâte quand le tocsin retentit, que l'heure de l'exil est venue, quand les hautes cheminées du paquebot qui nous emportera on ne sait où enfument déjà le ciel. Il faut faire vite, ne pas s'éterniser dans cette douleur ; les ennemis sont à la porte du logis, fusil à la main, prompts à nous chasser. On voudrait que ces instants durent toujours, que soit retardée l'heure du départ, que l'on puisse encore un peu se lover dans les canapés, regarder la nuit succéder au jour par cette fenêtre sur cour dont on ne s'était pas rendu compte jusqu'alors qu'on l'aimait tant. Oublier un instant encore que tout s'arrête, que c'est fini, à jamais et pour toujours, que demain sera forcément ailleurs et autrement.

Mariline m'accompagne dans ce grand déshabillage de l'appartement. Ton amie de vingt-cinq ans recollera ce passé de toi que je ne connais pas. Elle est un trait d'union entre nous deux. Je me souviens de ce soir où tu nous as présentés. Nous avions derrière nous quelques semaines d'amour sur lesquelles nous n'avions posé aucun mot trop engageant. Tu es comme ça, pudique, prudent, homme de peu de mots mais de beaucoup d'amour. Cela tombait bien, tout échaudé que j'étais par des déclarations en apparence inspirées, en vérité si creuses. Je m'étais étonné que tu m'invites déjà à dîner avec ta meilleure amie. En terrasse chez Joe Allen, notre cantine américaine du samedi soir, nous deux face à Mariline, la rencontre a coulé de source. Je me suis amusé de son look de grande dame : cascade de perles fines entre les plis de son ensemble Issey Miyaké, belles manières avec un brin de malice dans le regard. Nous nous rencontrions comme si nous nous retrouvions. Les rires étaient complices, le tutoiement spontané. Nous nous sommes bientôt réjouis de partager les mêmes accointances politiques. Je n'imaginais pourtant pas que cette fidèle du XVIe arrondissement parisien puisse lire *Le Nouvel Observateur* et *Le Canard enchaîné* en chahutant ses sautoirs de perles. Je l'ai aimée immédiatement. On ne s'est pas quittés depuis, on ne se quittera plus maintenant. Elle est pour moi un peu de toi, je suis pour elle ton dernier amour et donc, je pense, un peu de toi.

À quatre mains nous nous retrouvons à empoigner tes choses, à sonder tes désordres. Il nous faut nous répéter que tu nous aimais et nous faisais confiance pour aller au bout de l'indiscrétion dont nous allons devoir faire preuve.

Je me moquais de ton peu de souci pour les choses matérielles. J'étais effaré que tu puisses pendant des années boire ton café dans un bol ébréché sans même t'en rendre compte. Les couverts de cuisine, de médiocre qualité, se tordaient et se pliaient sur nos tranches de viande ; je voulais les remplacer, tu me répondais que ta sœur te les avait offerts... Et tu promettais finalement que nous en achèterions d'autres.

Il m'a toujours semblé que les objets avaient plus d'âme qu'il n'y paraît. Je les protège, les bichonne, les assortis et les admire. Toi, tu ne les voyais même pas et quand ton regard, par le plus grand des hasards, les croisait, tu les toisais, les maltraitais, indifférent. J'aimais que tu sois aussi léger, si facile. Si différent de moi.

Me vient aux lèvres *Drouot*, la chanson de Barbara...

> *Les choses ont leurs secrets*
> *Les choses ont leurs légendes*
> *Mais les choses nous parlent*
> *Si nous savons entendre.*

Non, les objets ne sont pas rien, ils prolongent les mains qui les tiennent. Tes mains n'existent plus et tes objets sont maintenant comme suspendus dans le vide, égarés entre le passé et le présent. Ils te survivent quand tu n'es plus nulle part. Les choses ont l'éternité pour elles quand une volée de saisons a raison de nos carcasses usées. Au plus profond de tombes millénaires, on retrouve des cadavres desséchés, émiettés, décharnés, échoués sans victoire, des poussières de corps résignés, tandis que triomphent, blotties contre eux, des céramiques aux couleurs et formes intactes. Des étoffes chaudes voudraient encore nous protéger du froid que nous ne serions plus qu'une traînée de poudre de chair et d'os tapissant la terre battue.

Aux choses, on accroche des bribes de nos vies, des chapitres de notre histoire; elles sont le temps retrouvé, notre passé rescapé. Elles portent nos traces quand la vague a dérobé au sable l'empreinte de nos pas depuis bien des marées. Nous sommes au bord du gouffre de l'oubli et l'objet est cette main tendue qui soudain nous rappelle au bon souvenir.

Mariline et moi allons saisir à la volée toutes ces mains tendues enfermées dans tes placards, emmêler dans des sacs et valises des objets de rien et des morceaux de toi. Méthodiquement, de bas en haut puis de haut en bas, je dépose sur le plan de travail de la cuisine les piles d'assiettes rangées là quelques semaines plus tôt. Se chamaillent en accéléré les images de nos petits dîners à deux bouches. Il y a si peu de temps encore... J'emballe les verres un à un dans du papier journal, j'enroule, j'entortille, et mon âme se vrille. Je jette l'argenterie au fond d'un sac de sport, avec la désagréable sensation de te cambrioler, je fracasse dans un sac-poubelle des ramequins fatigués, laisse s'échouer des Tupperware collants et les fameux couverts de ta sœur qui pliaient sous l'effort. Me reviennent nos rires lorsque la fourchette rouge se contorsionnait sur le rôti de porc pourtant des plus tendres. À tour de bras il faut jeter, à contrecœur renoncer à l'anec-dotique, se séparer de ces petits riens qui pourraient encore me lier à toi. Illusoirement, je le sais bien. La liste de courses griffonnée il y a quelques jours, je ne parviens pas à la chiffonner ; je la glisse dans ma poche.

Les tout petits accessoires de la vie ne m'ont jamais été aussi essentiels et indispensables. Il me semble qu'ils portent en creux la gravure du temps partagé. Ce sac de voyage gris-bleu acheté l'an der-nier avec lequel nous sommes partis dans les îles grecques et que tu utilisais lors de chacun de tes séjours à l'hôpital, je le garderai. Comme je garderai ce tableau des cinq notables assis semblant attendre que l'inespéré survienne, les miroirs qui renvoyaient les arabesques tendres de nos étreintes musclées, la boîte en bois renfermant le gri-gri fabriqué par Poly pour t'aider à guérir, les casseroles à induction que je venais d'acheter, ton pull-over rouge rapporté de notre week-end à Bruxelles, les plateaux de nos dînettes devant la télé, tes lunettes de vue, ton kit d'entretien de chaussures que je ne t'ai jamais vu utiliser. Mariline emportera le joli service d'assiettes, une écharpe, le manteau de polaire noire que je t'avais donné, une paire de lunettes de soleil que tu as si longtemps portées à en croire les photos d'avant que je te connaisse, la trousse de toilette que je t'avais offerte...

Les larmes aux yeux, j'ôte de ton trousseau le porte-clés paré de sa grosse perle bleue acheté à Paros et je le suspends à mon jeu de clés.

Chaque geste est un rituel ; je sais qu'il est dernier, éternel, qu'il se meurt à lui-même. Chaque porte de placard claque sur ma peine et me pince, je sais aussitôt que plus jamais je ne l'ouvrirai. Le deuil est partout, obsessionnel. D'immense, avec la perte de toi, à infime, avec le renoncement de chaque geste ensemble.

Je voudrais partir à la dérobée, fuir ce tombeau, pousser la lourde porte qui scellera mon bonheur d'avant et fermera le passage aux vivants, courir à toutes jambes. Et je voudrais aussi rester ici, toujours, me changer en marbre, me couler en bronze pour monter la garde du temple et porter le souvenir au bout de mon bras tendu. Imperturbable, immobile, le port de tête altier, le regard arrimé à une ligne d'horizon imaginaire et voir les siècles et les siècles défiler.

Attendre. Attendre seulement que le vent creuse mes flancs de pierre, que la pluie verdisse ma peau de bronze, que les ans rongent ma chair de métal, m'abîment, me grignotent lentement, imperceptiblement, inéluctablement.

Par assauts, la douleur nous prend en tenaille, Mariline et moi. Nous répétons les mêmes gestes... Toujours armés de notre rouleau de sacs-poubelle, nous forçons ton intimité, la déversons sur le parquet, sur un coin de lit défait. Nos forces s'amenuisent et pourtant la bataille est sans fin. Nous conserverons les photos, je découvre là le visage de ta jeunesse dorée, tes traits aristocratiques, ton épaisse mèche de cheveux balayant ton front lorsqu'ils avaient la couleur et le brillant de la châtaigne. Nous n'éventerons pas les secrets des liasses de lettres en sommeil çà et là au fond d'un tiroir ou d'une poche de plastique, nous les jetons. Comme nous jetons pêle-mêle tes magazines de body-building, tes livres, quantité de factures ou de tickets de caisse et de carte bleue, de Post-it, de messages ou de numéros de téléphone griffonnés.

Une mosaïque, un patchwork de morceaux de ta vie qui s'agglutinent et se compactent dans ces sacs de plastique sombre. Activité surréaliste que ce tri entre les choses en sursis, celles à qui je laisserai une ultime chance et les autres, sans salut, bientôt moulinées, mixées à la déchetterie. Des poussières de choses...

L'appartement prend des allures de champ de ruines, de champ de mines. Armoires béantes, éventrées, leurs entrailles dévoilées. Des tranchées de sacs tracent notre déambulation dans cet espace désolé. Le pire advient pourtant à l'heure de vider le dressing. L'odeur de ta peau qui s'en dégage m'enflamme comme une torche vive. Tes vêtements, autant de secondes peaux qui semblent frissonner sous mes doigts. Je voudrais caresser longuement les étoffes. Je fais l'erreur de plonger mon nez dans tes pulls en cashmere, dans tes cols de chemises. Les larmes roulent sur mes joues, me brûlent les yeux au fur et à mesure que j'empoigne les piles de linge. En fondu enchaîné, se bousculent les images de toi portant ce jean ou ce pull, celle de ton cou emmitouflé de cette écharpe chaude. Je devrais fermer les yeux et enfouir à l'aveugle les vêtements dans les sacs de plastique. Pourtant, c'est irrésistible, je dois inscrire chacun d'eux dans ma mémoire, faire en sorte que la paume de ma main garde le souvenir d'un lainage, d'un coton. Quelques habits échappent au carnage : des chemises bien trop grandes pour moi que je porterai mes soirs de solitude à la maison, ce jean gris clair à poches plaquées dont je m'émerveillais qu'il galbe aussi parfaitement la chute de tes reins, ton gilet marron sans forme dont tu aimais, à la maison, te couvrir les soirs d'hiver.

Nous remplissons la voiture de Mariline de notre terrifiant butin, de ces énormes et nombreux ballots afin de les déposer dans les containers de la place des Fêtes. Je n'avais pas imaginé que leurs trappes seraient trop étroites pour recevoir nos marchandises. La voiture en double file arrêtée au feu, je me vois rouler mes paquetages sur le bitume, les déchirer pour jeter les vêtements par poignées. Au fil de mon labeur, ton odeur échappée des sacs m'enivre. J'ai tellement envie de toi, de me blottir contre toi pour te respirer, de t'embrasser à perdre le souffle, de t'ôter une dernière fois tes vêtements pour voir apparaître la nacre de ta peau, caresser son velours, la dévorer. Mes mains tremblent en balançant nerveusement mon chargement. Je pleure, sens mes jambes fléchir, tandis que Mariline s'accroche au volant pour ne pas faillir. Je sauve encore de l'ultime dépouillement quelques habits que ma main ne parvient pas à jeter. Ceux-là me parlent trop fort de toi, un écho martèle mes tempes. J'ai un haut-le-cœur à la pensée qu'un autre que toi portera bientôt tes vêtements. La voiture, lestée de ces reliques, nous emporte vite.

Il ne reste bientôt plus qu'à fermer les volets de bois sur ces pièces désertées. Je les ai photographiées une dernière fois. La peur de l'oubli sans doute... Comme on photographiait jadis les morts dans leur bière, de peur que ne s'effiloche leur souvenir. D'un regard aussi concentré que chaviré, je balaie cet espace dépossédé et béant. Il n'y a plus rien de nous, le parquet ne craquera plus sous nos pas, les murs ne parleront pas de nous, nos odeurs se dispersent déjà. Essoufflé, je claque la porte de ce territoire dépeuplé. Ta sœur peut vendre ces murs, ils sont aujourd'hui muets.

J'ai mal à la vie. Je souffre de ton absence, du manque de ton souffle sur mes jours et sur mon corps. Tout entier, je te réclame à cor et à cri. Je me bannis, me renferme, je sculpte en creux ce qui en surface a fondu et s'est dissous. Je vis davantage à l'intérieur de moi pour m'évader du néant de l'extérieur. Je t'installe confortablement entre tous les plis de mon âme depuis que tu n'es plus dans ce monde.

La solitude ne me pèse pas, je la cultive au contraire. Il me faut voyager en moi... et surtout, pour l'heure, n'y croiser personne. J'ai à faire cavalier seul avec la tendresse de mes souvenirs, à palper sous mes doigts la chair vive de ma blessure. J'aime les voyages en métro pour la possibilité qu'ils me donnent de m'asseoir et de penser à toi, j'aime les bancs publics, mon canapé, mon lit en plein après-midi, partout où je pourrai me poser, fuir l'action pour seulement penser à toi. La douleur est cette insupportable compagne dont je ne peux aujourd'hui me passer ; elle me dit l'amour, le manque assourdissant, l'impossible consolation. Je me surprends même à craindre de moins souffrir un jour. J'aurais la sensation de te perdre une seconde fois, de ne plus te sentir dans ma chair. Je ne crains pas que la douleur me hurle dessus le jour et redouble la nuit, qu'elle grignote les petits plaisirs et obscurcisse mes lendemains, parce qu'elle me crie plus haut encore combien j'ai été aimé et combien j'aime.

Il me prend de vouloir m'asseoir sur le toit du monde, les pieds dans le vide, pour crier à tue-tête, à la face des passants enlacés autour de qui flottent des rires sonores et complices, que moi aussi j'ai été aimé, tant aimé. J'aimerais savoir si l'amour se lit encore à la surface de mon visage. Amis, badauds, partenaires d'un soir, devinerez-vous combien j'ai été comblé ? Dans le creux de mes lèvres, tes baisers se nichent-ils encore ?

Je suis une coquille vide, je me vois vivre en creux, respirer en délié, le corps pénible et l'âme errante. On m'invite à goûter l'ivresse d'une soirée, d'un quotidien survitaminé, à plonger dans le tumulte des rencontres. La seule façon, avec le temps, de faire mon deuil, me répète-t-on. Le mot est lâché ! Faire son deuil, comme on fait une tarte, son ménage, la vaisselle, la vidange de sa voiture ou les châteaux de la Loire. Mais cette aventure-là n'est pas de l'ordre du faire. L'interlocuteur, fier de ne pas être resté muet face à votre désespoir, vous en remet une louche en vous parlant du fameux travail de deuil. La consolation serait donc le fruit d'une fabrication... ? Quand ces mots surgissent, je détourne l'oreille. L'autre continue néanmoins de dérouler ses conseils préfabriqués, explique que la douleur s'efface avec le temps, qu'il faut refaire sa vie, laisser sa place à l'oubli. Et même si tout cela était vrai, comment l'entendre quand ma douleur est justement le fil qui me lie à toi ?

Je ne suis pas capable de t'attribuer le mot mort. Ce sont quatre lettres auxquelles je ne peux t'associer, un mot que je ne me sens pas de prononcer. Le moteur de la voiture peut être mort, le petit chat dans la bouche boudeuse d'Agnès, mais pas l'être aimé. Je dis que tu es parti, que tu t'en es allé. Des gens qui ne savent pas me font parfois répéter, ils pensent d'abord que nous nous sommes séparés. Ne pas poser ces quatre lettres sur ton prénom, c'est ma façon de chasser l'inéluctable, de me dérober au caractère définitif de ton absence. Je laisse la porte entrouverte...

Cette nuit, j'étais couché, dans un demi-sommeil, j'ai entendu tout près de moi le battement de ta respiration et un minuscule toussotement. Je me suis retourné brutalement. Il n'y avait que mes coussins de velours pourpre empilés les uns sur les autres. J'aurais donc rêvé...

Ton appartement a été vendu. Je l'apprends à l'instant et c'est un nouveau coup de poignard en plein cœur, en plein dans ma mémoire. Une vague gigantesque a avalé notre dernier décor. Notre dernière soirée, le 28 mars, est aujourd'hui ensevelie. Nos murs, dont nous avions choisi chaque couleur, luminaire, revêtement, appartiennent à d'autres. Bien sûr, ce n'est que du matériel, quatre murs et plus rien dedans... En réalité, c'est le décor du bonheur, le lieu magnifique d'avant l'exil. Il me reste mon appartement où nous avons aussi vécu. Il me semble aujourd'hui que je ne pourrai jamais le quitter. À moins que je ne doive justement le faire pour aller au bout de l'exil et reconstruire ailleurs. Un jour, peut-être serai-je prêt...

Notre Lulu, elle aussi, est partie. Pendant la maladie, nous l'avions confiée à ta tante, nous nous impatientions de la retrouver, d'enfouir à nouveau nos mains dans son corps rondouillard. Je la revois remonter l'avenue Laumière en direction de la pâtisserie et frotter sa truffe à la porte de verre. La patronne avait l'habitude de la gratifier d'un croissant ou d'un sablé, Lulu tentait toujours sa chance, polie, sagement assise, guettant l'agape.

Le soir, après s'être amusée à chercher son gâteau dans ta main, dans ton dos ou sous ta cuisse, elle se vautrait sur le dos contre le tapis, pattes en l'air, attendant que nous lui caressions la panse et que nous lui soufflions dessus. Lasse enfin de son quart d'heure de folie quotidien, elle tournait les talons et rejoignait la chambre où l'attendaient son panier et une bonne nuit de sommeil. Bienheureuse, elle ne se gênait pas pour ronfler bruyamment.

Souvent, le soir, lorsque je sortais du métro, je t'apercevais en train de la promener le long du canal. Derrière ta silhouette immense qui semblait chatouiller le ciel, venait, courte sur pattes et aussi ronde qu'une otarie, notre Lulu. Nous devions sans cesse l'attendre tant elle marchait lentement. Elle ne se pressait pas, elle avait l'éternité pour elle, elle était aussi sereine que toi. Seul le passage d'un chat aurait pu faire bondir notre dilettante.

Peu de temps après toi, son cœur déjà fragile, ses années nombreuses ont eu finalement raison de ses jours... Après ton départ, Lulu a vécu trois mois aux côtés de ta mère. Elle aura été pour elle une présence, quelque chose de toi, ce prolongement que l'on recherche avidement quand l'absence nous déchiquette le cœur. La gourmande qui, réglée comme une horloge, nous indiquait le chemin de sa gamelle et de sa boîte de gâteaux, une fois son repas avalé, a, par un jour d'été, cessé de manger. A-t-elle su que jamais plus tu ne viendrais la chercher ? Comme, le matin du tsunami en Asie du Sud-Est, les éléphants ont brisé leurs chaînes pour s'échapper et les bancs de poissons se sont enfuis vers le large, Lulu aura fleuré le drame de ton départ.

Maintenant, chaque jour, je scrute le quai, mais je ne vous vois plus, ni l'un ni l'autre. Vous êtes des ombres que je suis seul à voir danser sur l'eau du canal.

Je suis le seul survivant de notre vie commune, de ce bonheur à trois, de ces dimanches savoureux où nous somnolions, paisibles. Je n'ai personne en ce monde avec qui partager ce que fut notre intimité. Il y a tout ce qui ne se dira jamais, ne s'écrira pas, ce nectar de nous dont le goût et le parfum m'accompagnent. Moi et moi seul. Un jour, je serai mort et il n'y aura plus personne pour se souvenir.

J'ai fait mes adieux à ton atelier, j'ai photographié chaque pan de mur, chaque recoin. J'ai trop peur un jour de ne plus me souvenir de la géographie des lieux... Ils portent l'empreinte de nos étreintes, la marque de nos retrouvailles quand s'achevait la journée. Après des mois pendant lesquels l'amie Mayenka a assuré la gestion de ta société, un repreneur s'apprête à prendre ta place. Chaque jour, je passe devant ton bureau, devant la haute porte de l'immeuble dont il me semble que tu vas surgir, flanqué de Lulu. J'aimais t'y rejoindre le soir au sortir du métro, sentir le parfum des cuirs amoncelés dans l'atelier, caresser leur souplesse, admirer leur noblesse et toucher les machines lourdes et rustiques qui leur donneraient forme. Tu me montrais les sacs en cours de réalisation, les boucles dorées ou les chaînettes que tu avais dénichées, les doublures de soie ou de velours, les lanières, les cordons, les pochettes... Je poussais les hauts cris quand je constatais le désordre de ton bureau, je te rappelais l'existence de boîtes de rangement, de classeurs très pratiques, et tu riais, brandissant un bouquet de vieilles chemises chiffonnées qu'on aurait dites mordillées par quelque rongeur affamé. Ton carnet d'adresses ressemblait à un grimoire ancestral et désossé mais force était de constater que tu t'y retrouvais. Presque subjugué, je me rendais à tes désordres.

Les ombres ne se lassent pas de gesticuler sur le mur de ma mémoire, les effluves d'hier m'envahissent et m'obsèdent mais il faut vivre encore, me fabriquer du présent sans craindre de le pétrir dans l'argile de mon passé. Je dois vivre avec ma peur, avec ma souffrance vissée à l'âme, et accepter qu'un jour elles se dissipent doucement, malgré moi. Je souffre parce que j'ai été follement heureux. Le pire serait de souffrir de n'avoir connu rien ni personne.

Il me faut maintenant accueillir encore, sans en porter la faute, mes désirs d'homme jeune, m'ébattre et jouir de ce sexe, marque de notre humanité et de notre connexion aux autres. Et même si le cœur est moins rapide que le corps à se remodeler, je ne dois pas craindre de refaire un jour des gestes d'amoureux. Ce ne seront jamais les mêmes. Je devrai apprendre à ne pas redouter qu'un étranger s'asseye à la même table, se couche dans le même lit, saisisse les mêmes objets, mange dans la même assiette. Je devrai admettre que la présence d'un autre n'efface pas ton empreinte sur ma peau, qu'elle ne te remplace pas, qu'elle se superpose sans rien gommer de ton inscription dans le monde et dans mon cœur. Je devrai accepter que les bras qui me serrent quand je ferme les yeux ne soient pas les tiens quand je les rouvre.

Je vais me le répéter cent fois, mille fois, couper brin après brin l'herbe sous le pied à la culpabilité, me préparer à ce que ce jour-là vienne. Quitte à vivre, je dois vivre pleinement, entièrement, respirer par tous les pores de ma peau, ouvrir grand les yeux et le cœur. Je dois boire jusqu'à la lie, courir à m'essouffler pour qu'au jour dernier il ne me reste plus une once de force à consommer. Que, devant la cheminée, il n'y ait plus de bûches de bois, dans le garde-manger plus de vivres, dans mon cœur pas une goutte d'amour qui n'ait été bue jusqu'à l'ivresse. Que mes pieds soient endoloris d'avoir marché au-delà des confins du monde, mes yeux aveugles d'avoir tout vu et tant admiré, mon âme froissée d'avoir trop reçu. Que mon cœur se taise d'avoir trop battu, que ma peau se fissure et se craquelle d'avoir été trop goûtée et caressée, que tout de moi soit usé jusqu'à la corde. Que je sois mort d'avoir tant vécu.

Je recherche tant la vie que je rêve d'un jardin. Rien n'est plus vivant qu'un jardin. Curieuse ambition pour une créature des villes qui, aux sentiers de ronces et de fleurs sauvages, a toujours préféré les avenues pavées de boutiques. Je m'imagine perforant le ventre de la terre et déposant en ces creux des graines prometteuses. Je resterais des heures aux aguets des moindres gargouillis du sol fécondé. À ses bourgeons naissants je conterais des histoires tandis que je lustrerais délicatement leurs feuilles verdoyantes.

Je m'étonne et m'émerveille de la permanence de la végétation. À volonté, à perte de vue et de temps, poussent et repoussent plantes, fleurs et légumes. On porte en terre un brin de rien, le dépote et le rempote, et voilà qu'il germe à nouveau, encore et toujours. A-t-on déjà vu qu'un membre mort se revigore sous la pluie d'un arrosoir? Pourquoi botanique et biologie n'obéissent-elles pas aux mêmes lois? Tandis que la mort m'occupe entièrement, le désir de mater le sol, de jongler avec le miracle de la vie renaissante m'obsède. Se baisser pour arracher les fruits à leur terre pétrie de la poussière des hommes, irriguée de leurs larmes, nourrie de leurs sang et sueur mêlés, quelle ironie!

Je voudrais m'agenouiller en ce jardin pour le regarder croître, verdoyer, rougir, se parfumer, et sentir plier et se lover dans l'arrondi de mon épaule les branches de fruits lourds. Je caresserais les grandes feuilles des courges, douces comme la panne de velours, et porterais à mes lèvres les fruits sucrés et charnus du verger. Lorsqu'on se sent si mort au-dedans, n'est-ce pas là qu'il faut rechercher la vie?... Demain, je m'achèterai un jardin.

Ta maman va un petit mieux. Le miracle de sa foi sans doute... À distance, je veille sur elle. Par quelques mots, écrits ou téléphonés. Si tu étais resté, je ne l'aurais jamais connue mais, puisque tu n'es plus là, je me sens de faire le lien avec elle, de lui répéter encore combien tu l'aimais. Je veux qu'elle sente que je suis là pour elle, comme un minuscule prolongement de toi, même si je sais qu'elle n'osera jamais m'appeler ou me demander quoi que ce soit. Nous ne mettrons jamais de mots sur ce qui me lie à toi, elle ne pose pas de questions. Elle ne manque pas de me répéter qu'elle n'oubliera jamais comment j'ai veillé sur toi. Il y a quelques jours, elle m'a dit que j'étais jeune, que je referais ma vie... Est-il besoin d'être plus bavard?

Parfois, je déjeune avec ton pote Emmanuel. Nous ne nous connaissions pas avant ton départ. Depuis, nous nous racontons nos histoires comme si nous savions tout l'un de l'autre. C'est un jeu de prolongements. Je suis quelque chose de toi, je prends ta succession. Tu es vivant, encore un peu, le temps de ma vie.

Je connais tes pudeurs et je les aime tant; je n'ai pas, je l'espère, déchiré ce voile. Je devais trouver un abri à mon deuil; ces mots lui offrent un toit quand ton absence me fait si froid, que je suis si seul au-dehors du monde, si loin des vivants. Les mots sont en même temps un rempart et un piédestal. Ils nous protègent de l'oubli et offrent aux regards le magnifique que tu es.

Qui a dit que la douleur était muette? Elle est criarde, vociférante, exaltée, bavarde parfois, mais jamais muette. Elle cherche loin et partout ses mots pour s'apaiser. Des mots tapis volants pour s'évader, des mots bouteilles à la mer pour être jetés, recueillis et lus par les inconnus d'un autre port, des mots de Petit Poucet pour retrouver sa route dans une forêt sombre. La douleur, ce sont tous ces mots que l'on accroche entre eux pour trouver un sens à une absence qui n'en a aucun.

J'ai écrit, couché les mots comme on élève un mausolée d'amour, un Taj Mahal de papier sur un lit de larmes, et tu n'es pas revenu. Combien de mots faudra-t-il pour que tu vives à nouveau? Je n'ai pas la plume fatiguée, elle danse encore sous le chahut de mon souffle. Pour toi, à l'infini, je la reprendrai et nous ferons ensemble le chemin, jusqu'à ce que vie m'épuise et mort s'ensuive. Où que tu sois, ailleurs ou nulle part, tu vibres à jamais en moi, cours dans mon sang, palpites dans mes veines. Tu t'écoules en moi comme l'eau de pluie ravine, lente et délicieuse, une terre asséchée. Je te porterai haut tant qu'un peu d'air me gonflera la poitrine. Je ne serai plus jamais moi, je suis nous.

Oh, attention, les premières lueurs du matin paraissent, il faut faire vite, rendre les heures volées à la nuit et nous dire adieu. Voilà, je sens ta main fondre dans la mienne, ta peau douce se dérober de moi et ton souffle lentement s'éloigner de mes lèvres. Je vois devant moi ton dos large, comme au premier soir... Ce sera toujours le premier soir. Tu prends le chemin et rapetisses peu à peu dans le jour qui se lève. Que j'aime ta démarche chaloupée! Tu marches comme danse une flamme, si léger, porté par tes semelles de vent. Tu te retournes une toute dernière fois, tu portes tes doigts à ta bouche avant de les suspendre dans le ciel en ma direction. Je ne te vois plus, le chemin t'a avalé. Comme une poussière d'étoile dans le jour naissant, tu volettes, maintenant et à jamais, autour de moi. Tu n'es pas éternel, je ne suis pas éternel, mais *nous* est désormais éternel.

Et quand, demain ou bien plus tard, je serai poussière, nous serons poussières mêlées, nous ferons poussières communes. Et si nous ne sommes que des poussières d'hommes, il n'est de poussière qui ne retourne à la terre. Attends-moi quelque part... ou même ailleurs. Par un matin calme ou une nuit noire, un jour de grand soleil ou de pluie serrée, j'arrive. J'arrive. Je t'aime.